徳間文庫

「私鉄沿線」人妻専科

草凪　優

徳間書店

目次

第一章　西武線の女（1）

1

乳房を揉まれている。

夫のやり方は乱暴ではない。愛撫は常にやさしい。こちらを気遣ってくれているとか、ソフトタッチのほうが感じやすいからとか、そういう理由ではなく、欲望を剝きだしにして女の体を求めるのが、格好悪いと思っているからだ。

昔からそうだった。

沢口仁美が夫の岳彦と出会ったのは六年前、お互いに二十代の終わりに差しかかっていた。上場企業の会社員で、なにをするにもスマートに見えた岳彦は、べッドの中でも紳士だった。仁美が嫌がることは決してしなかったし、甘いムードを演出するのがとても上手だった。男と女にセックスは必要だが、獣(けだもの)みたいになっちゃうのは嫌なんだ——一度だけだが、口に出して言われたことがある。

「んんっ……くっ！」

乳首を吸われた。仁美は左の乳首がとくに敏感で、夫はそれをよく知っている。興奮に突起した状態で舐(な)められると背中が反(そ)るが、声はなるべく我慢する。仁美もまた、セックスで獣になるのが苦手だった。せっかく人間に生まれてきたのに、どうして動物のような真似(まね)をしなければならないのか、十代のころは真剣に悩んだものだ。

ただ、セックスは嫌いじゃない。

とくに最近は、するたびによくなっていく気がする。

夫婦の営(いとな)みは週に一回、日曜日の夜にするというのがふたりの約束だった。一緒に住んでいるからといって毎日すると疲れそうだし、飽きてしまってレスになってしまうのも困る。そう思い、結婚したときに話しあって決めた。日曜日の夜にしたのは、そうしておけば休日が終わっていく物悲しさが少しは薄れてくれるだろうという願いを込めてだ。

夫は律儀に約束を守ってくれている。付き合いはじめて三カ月ほどで妊娠してしまった授かり婚なので、セックスができない時期もあったが、出産後、体が元に戻ってくると、日曜日の夜の営みも戻ってきた。

五歳の息子を寝かしつけ、ゆっくりと風呂に入り、少しお酒を飲んだりしてから、ベッドイン――最近するたびによくなっていくのは、夫のやり方が変わったからではない。変わったのは仁美のほうだ。

出産を経験するとセックスがよくなるというのは有名な話だし、三十代半ばというのは女の体が充分に成熟し、性感も高まる時期らしい。二十代はじめとはあきらかに違う。体中が快感を求めてやまない。

夫のやり方は出会ったころとまったく同じだ。乳房をひとしきり愛撫すると、今度は両脚をそっと開かせ、その中心に咲いている女の花を、やさしく、やさしく、撫でてくる。

「あっ……くううっ！」

声が出そうになってしまい、仁美は慌てて唇を引き結んだ。少しくらい感じじゃすくなったからといって、いままでの振る舞いを無にするようなことはできない。夫に軽蔑(けいべつ)されたくないし、自分に幻滅したくもない……。


仁美は三十五歳、美人というより可愛(かわい)いタイプだ。

けれどもあまり愛想がないので、昔から異性のウケはよくなかった。モテない、と自分で断言するのは悲しいし、実際のところ、男に不自由した記憶もないので、まあ恋愛偏差値五十八といったところだろう。

西武線沿線で生まれ育ち、いまも桜台(さくらだい)に住んでいる。

半年前まで派遣社員としてコンサルティング会社で働いていたが、人間関係の風通しが悪く、気持ちよく働けるところではなかったから、契約期間が切れると更新することなく職場をあとにした。

「子供が小学校三、四年になるくらいまで、家にいればいいじゃないか」

夫にはそう言われた。

「そんなにブランクがあったら社会復帰できなくなっちゃうじゃない」

「できなかったらできないで、一生専業主婦でもいいさ。僕はそれほど甲斐性(かいしょう)のない男じゃない」

「ありがたい話だとは思うけど……」

同じやりとりを、出産直後にもした。夫は仁美に家にいてほしいようだったが、社会との関係が切れてしまうのが怖く、かなり無理をして働きはじめた。

ただ、そうやって肩肘（かたひじ）を張って生きているのも少し疲れた。こだわりのある職種や復帰を待望されている職場があるわけでもないから、今回は夫の言葉に甘えてみようかと思った。

とはいえ、専業主婦は暇（ひま）だった。子供を幼稚園と学童に預けているから、昼間は本当に時間をもてあます。

一念発起して資格にでも挑戦してみるかとも思ってみたものの、それではなんの資格をとるのかという話になると、ピンとくるものが見つからなかった。

仁美の自宅は線路に近いから、子供の送り迎えのとき、あるいは買物に出かけたとき、黄色い西武池袋線が走っているのをかならず見かける。仁美は満員電車が苦手だった。得意な人なんていないだろうが、以前は黄色い電車を見るだけで苛々（いらいら）したのに、いまでは懐（なつ）かしさがこみあげてくるのだからおかしなものだ。

こんなに退屈な毎日を過ごしているくらいなら、満員電車がつらくても、職場の雰囲気が多少悪くても、仕事をしたほうがいいのではないだろうか？

暇をもてあましているだけではなく、自由に使えるお金も減った。仁美は決して浪費家ではないが、女というものは生きているだけでお金がかかる。美容院でもコスメでも洋服でも、いまは夫に遠慮して安くあげている。専業主婦がやりくりを頑張(がんば)るのは当たり前だと思ったからだが、けっこうストレスが溜まる。浪費家でなくとも、たまには清水(きよみず)買いだってしたいのが女という生き物なのだ。

黄色い電車を見送りながら、最近よく物思いに耽(ふけ)ってしまう。

贅沢(ぜいたく)な悩みなのかな……。

仁美は西武池袋線が嫌いだった。満員電車の件とは別に、西武池袋線沿線に住んでいるというのが、なんとなく格好悪い気がしたからだ。被害妄想かもしれないけれど、ＪＲや地下鉄の沿線に住んでいる人たちは、私鉄沿線を馬鹿にしているような気がしてならない。東急東横線のようなおしゃれな街を走っている私鉄は別だろうが、西武池袋線なんて、そもそも練馬大根を運んでいた電車なのである。

それでも、仁美はいまも西武池袋線の沿線に住んでいる。他の場所に引っ越したいという思いもない。

生活をするにはとても便利だからだ。どの街にも安いスーパーがあって、庶民的な雰囲気だから肩が凝らない。なにより池袋が近い。池袋まで出ればたいていのものは揃うし、映画館などの娯楽施設や飲食店も充実している。

ただ……。

そういう場所でのほほんと生きていることに、危機感がないかと言えばそうではなかった。生活の利便性も庶民的雰囲気も、それにどっぷり浸かっていてはまずいのではないか、とかなり深刻に悩んでいる。住むところはここでいい。しかし、かつて学校や職場で得ていた都会の刺激を、ここにいるだけでは味わえないから……。

夫が中に入ってきた。

仁美に覆い被さって、ゆっくりと……。

「あああっ……」

仁美はさすがに声をもらした。獣のように乱れたくはないが、マグロのような女にもなりたくない。なんだって極端はよくない。料理にだってちょうどいい塩加減というものがある。

「ああっ、いいっ……気持ちいいっ……」

震える声で言うと、夫は抱擁に熱を込めた。仁美も夫にしがみつく。

いつからか、夫は正常位以外の体位で結合しようとしなくなった。仁美もいちばん好きな体位なので、とりたてて不満はない。苦手な騎乗位を求められるより、よほどマシだ。

しかし、たまには変化があってもいいのに、と思わないこともない。

仁美が正常位の次に好きなのは、横向きになってバックハグされながら入れられるやつだ。後ろから入れられるのが好きなのだが、四つん這いになるとお尻の穴が見られてしまうし、抱かれている！　という一体感が足りない。横向きのやつは、そういったデリケートな問題をすべて解決してくれる。

だが、自分から求めたりすることはできなかった。

騎乗位をしたくないとか、四つん這いにはなりたくないという仁美の意見を、夫はすべて受け入れてくれる。そういう相手に体位まで求めたら、わがまますぎる気がする。いやらしすぎる、と言ってもいい。

「出すよ……」

夫が耳元で唸るように言った。

コクコクと仁美はうなずく。もう子供は欲しくなかったので、避妊リングを入れてある。中で出しても大丈夫なのに、夫は外で出すことを好む。最後に仁美の手でしごかれながら射精するのが気持ちいいらしい。

「おおっ……」

夫は大きく突きあげると、その反動でペニスを抜いた。仁美はすかさず手を伸ばし、自分の漏らした蜜でヌルヌルしている肉の棒をつかむ。スピーディにしごく。最後なので少し乱暴なくらいがいいらしい。

夫は身をよじり、うめき声をあげながら、仁美のお腹の上に射精した。出しはじめたら、今度はゆっくりやさしくしごく。パンパンにふくらんだペニスが、喜悦に震えながら白濁した粘液を漏らす姿は愛らしい。

射精が終わると、夫は仁美の隣に横たわる。ティッシュを二枚取り、精液をまとったペニスを丁寧(ていねい)に拭(ぬぐ)ってゴミ箱に捨てる。

夫婦の共同作業は無事終了。

今夜も幸せな気分で眠りにつけそうだ。

2

翌日、仁美は池袋に出かけた。

とりたてて用事があったわけではない。子供を幼稚園に送っていくと、いつも通りに暇をもてあまし、たまには気の利いたカフェでランチでも食べようと思いたったのだった。

ランチにはまだ早かったので、東武百貨店でコスメを見た。目の毒になるだけだからやめておくべきだった。溜息(ためいき)をつきながら百貨店を出ると、制服姿の女子高生が五、六人、甲高(かんだか)い声で笑いながら通りすぎていった。

桜の季節だった。

午前中から制服姿の女子高生を街で見かけるなんて、まだ本格的に授業が始まっていないのかもしれない。

仁美はまぶしげに眼を細めて女子高生たちの後ろ姿を見送った。

あのころは無敵だったな、と思いながら、また溜息をつく。

自分は誰よりも女子高生時代を謳歌した、という思いがあった。勉強を頑張ったわけではなく、部活に勤しんだわけでもない。

やっていたのは援助交際だ。

といっても、体を売っていたわけではない。セックスなんてさせない。ぎりぎり手を繋ぐくらいは許したが、それ以上は絶対にNG。それでも、一緒にごはんを食べたり、カラオケに行くだけで数万円のお小遣いが貰えた。専業主婦のいまより、よほど財布の中にお札が入っていた。

同級生の仲間がふたりいて、三人でやっていた。仁美がリーダーだった。相手の男と交渉して、料金を決める係だった。

三人で制服を着て街を歩いていると、自分たちが無敵に思えてしかたなかった。スーツ姿で忙しそうに歩いているサラリーマンとすれ違うと、ごくろうさま、と声をかけてあげたくなった。体を売ることなく、仁美は彼らより稼いでいた。家族に見つかると面倒なので、バッグや服など目立つものは買えなかったが、コスメのラインナップはそこらのＯＬより充実していた。

「……えっ？」

目当てのカフェに到着したものの、仁美は店に入ることができなかった。閉まったシャッターに「臨時休業」の貼り紙がしてある。ネットの飲食店情報にも、臨時休業までは書かれていない。

「あのう……」

店の前で呆然と立ちつくしていると、若い男に声をかけられた。

「この店、最近臨時休業ばっかりですよね」

背が高い男だった。一八〇センチはゆうにある。年は二十歳くらいか？　つるんとした顔の大学生ふうだ。

「臨時休業、多いのね……」

無視してもよかったが、仁美はなんとなく返した。

「そうなんですよ。ここのパスタランチ僕も大好きだからよく来るんですけど、ツイてないのかなんなのか、最近は空振りばっかり」

「そう」

「でも、代打の切り札がありますから、よかったら一緒に行きません？」

「……どういうこと？」

仁美は眉をひそめた。

「ナンパしてるんですけど」

若い男は笑っている。仁美は眉をひそめたままだ。現在、時刻は午前十一時三十五分、こんな真っ昼間にナンパ？　いや、それよりこちらは三十五歳だ。この年になって大学生にナンパされるなんて、夢にも思っていなかった。

「ナンパ、よくするんだ？」

地を這うような低い声で訊ねる。

「誓って言いますが、生まれて初めていましてます」

「おばさんだと思ってナメられてるのかな？」

仁美は表情を険しくした。顔立ちは可愛いタイプでも、仁美の怒った顔は怖いと友達によく言われる。さらに腕組みをして、左手を頰にあてる。もちろん、薬指にはめている結婚指輪を見せるためだ。

それでも若い男は怯(ひる)まず、

「おばさんなんて思ってませんし、ナメてもいないです」

楽しげに笑いながら答えてきた。

「ランチを食べようと思ってこの店に来たけど臨時休業。アンラッキーだと思いきや、別の店でランチをご馳走(ちそう)になった。いい一日になりそうじゃないですか」

仁美はたっぷりと十秒間、若い男を睨(にら)みつけていた。男は笑っている。睨んでいるのが馬鹿馬鹿しくなるような、若々しい笑みだ。

仁美はふーっと長い溜息をつくと、

「わかった」

諦(あきら)め顔でうなずいた。

「代打のお店に連れてって」

言った瞬間、自分で自分に驚いた。ナンパなんて、独身時代にさえ応じたことがないのに……。

声をかけられたことが嬉(うれ)しかったのだろうか？　そう言えば、三十歳を過ぎてからは街で声をかけられた記憶がない。

装いのせいだろうか？　その日の仁美は、ピンクのワンピースに白いカーディガンを羽織り、足元は銀のハイヒールだった。フェミニンなうえ、若づくりをしていると言えばしている。

「本当にいいんですか？」

「ええ。若い子にご馳走になるのは気が引けるけど、あなたが言いだしたことですものね」

「もちろんですよ。よかった、思いきって声かけてみて」

肩を並べて歩きだした。いや、若い男は背が高いので、そういう言い方はしっくりこない。履いているバスケットシューズもびっくりするほど大きい。

「僕、田代健人って言います。健やかに人で健人」

「わたしは仁美。仁義の仁に美しい」

「怖い名前」

健人が笑う。

「べつに怖くないでしょ。仁義も美しさも、人生には大切なことよ」

「そうかもしれませんけど……」

駅前ロータリーから線路沿いの道を北に向かっている。走っている電車は西武線でも東武線でもなく、山手線や埼京線だ。

「それで、なんのお店に連れてってくれるわけ？」

「それはまあ、あとのお楽しみで」

「だいたい、こんなところにお店なんてあるのかしら？」

仁美は歩きながらあたりを見渡した。行く手に見えるのは、いかがわしい看板ばかりだった。池袋駅の北側にはラブホテル街がある。

「ちょっと！」

健人がそこに入っていったので、仁美は立ちどまった。

「こんなところにあるお店で、わたしごはんなんて食べられない」

「ごはんの前に、ホテルに入ろうかと……」

「は？」

「ごはん食べたあとは、人って性感が鈍くなるらしいんですよ。エッチをするなら、ちょっとお腹がすいてるくらいがいいとか」

「誰がエッチするのよ？」

仁美の眼は吊りあがっていた。

「僕と仁美さんですよ」

それがなにか？　とでも言いたげな顔で健人は返した。

「そんなことするって言ったかしら？」

「まだ了解は得てないですよ。ここまで来てから誘おうと思ったから」

「あんたねえ……」

こっぴどく叱りつけてやろうとしたとき、ラブホテルからカップルが出てきた。スーツを着た四十代と思しき中年男と、どう見ても二十代半ばの女——不倫の匂いしかしない。それともパパ活か？

すれ違うとき、向こうも気まずそうだったが、仁美も泣きたくなるくらい気まずかった。向こうがパパ活なら、こちらはどう思われているのだろう？　若いツバメと痴話喧嘩か？　冗談ではない。

健人に背を向け、走って逃げだすべきだった。できなかったのは、ハイヒールのせいだ。踵も高ければデザインも華奢で、人を走らせないようにつくったような靴だった。

別のラブホテルから、またカップルが出てきた。今度もスーツの中年男と若い女だった。

「ここにいると恥ずかしいから中で話しません？」

健人が呑気な顔で言った。

おまえが言うな！　という眼で仁美は睨みつけ、ギリリと歯嚙みした。

3

「飲みますか？」

健人が差しだしてきた缶ビールを、仁美は黙って受けとった。プルタブを開けて飲んだ。空腹に冷えたアルコールが染みたが、飲まずにいられなかった。

ここはラブホテルの部屋で、仁美はソファに座っている。健人は立ったまま缶ビールを飲んでいる。

結局、入ってしまったのだ。

とはいえ、もちろんセックスなんてする気はなかった。するわけがない。充分とは言えないかもしれないが、自分は夫とのセックスで満たされている。欲求不満の人妻ではないし、そういう眼で見られただけで心外だ。

　部屋に入るなり、仁美は逃げだす段取りを考えはじめた。幸いというべきか、そのホテルのスリッパは紙でできた使い捨てではなく、フェイクレザーだった。履いてみると底もそれなりに厚く、これならハイヒールより走れると思った。

　ただ……。

　ひとまわり以上も年下の男に振りまわされた意趣返しをしないと、気がおさまらなかった。赤っ恥のひとつでもかかせてやり、ラブホまで来てセックスできなかったと落胆させる――走って逃げだすのは、それからでも遅くない。

「あんたさあ……」

　仁美はソファにふんぞり返ってビールを飲んでいた。無礼な若者の前でしおらしくするほど、仁美はやさしい女ではない。気分はすっかり悪女である。

「どうしてわたしに声なんてかけてきたの？　欲求不満の人妻に見えた？」

「可愛いと思ったから声かけただけですよ」

　立ったまま缶ビールを飲み干した健人は、ベコッと缶を潰してゴミ箱に捨てた。

あまりに軽々とやったので、力の強さがうかがい知れた。

　体も大きいし組みつかれたら逃げられない――となると、まずは追いかけてこられないようにしたほうがいい。

「可愛いと思ってくれてありがとう」

　これ以上ない棒読みで言ったのに、健人はにっこりと頬を緩めた。

「どういたしまして」

「可愛いと思ったからエッチしたくなったんだ？」

「はい！」

　先生に指された優等生のように、澄みきった声で返事をする。

「じゃあ脱ぎなさいよ」

　仁美は意地悪く唇を歪めて言った。

「でも仁美さん、まだビール飲んでるでしょ」

「お酒の肴に男子の裸が見たいの。男性ストリッパーの真似をしろとは言わないけど、裸になって」

「いいですけどね……」

健人は笑いながらチェックのシャツのボタンをはずしはじめた。インナーは着けていなかったので、いきなり上半身の肌が見えた。

ええっ？

仁美は眼を丸くした。シャツを着ていたときには気づかなかったが、ずいぶんと筋肉質の体をしている。細マッチョというやつだろうか？

「……いい体じゃない」

横眼で見ながらボソッと言う。

「えっ？　そう思っていただけます？　野球やってたんですよ。こう見えて地区の決勝まで行ったことありまして。甲子園の一歩手前」

「おあいにくさま。わたし、スポーツマンって苦手なほうなの」

意地悪で言ったわけではなかった。仁美の好みは知的でスマートなタイプなのだ。汗くさかったり、暑苦しいのは願い下げだ。

「そんなこと言わないでくださいよー。スポーツマンってけっこういいやつ多いですよ。それに、ガリやデブより、お酒の肴になってるでしょう？」

しゃべりながらジーパンを脚から抜いた。靴下からブリーフまで一気に脱いで、あっという間に全裸になる。

「ちょっ……まっ……やだ……」

仁美はさすがに顔をそむけた。それでも見ずにはいられない。ドクンッ、ドクンッ、と高鳴っている心臓の音を聞きながら、ゆっくりと視線を向けていく。

息がとまった。

体も筋肉質なら、そそり勃ったペニスもまた、びっくりするほどパンパンに張りつめていた。サイズそのものも大きめだったが、それよりも裏側をすべて見せるような勢いで反り返った姿に圧倒されてしまう。

だいたい、なぜ勃起しているのだ？　キスもしていないどころか、セックスに応じるという素振りだって見せていないのに……。

「お酒の肴になってますか？」

一歩、二歩、と健人がこちらに迫ってきた。反り返ったペニスは揺るぎなく屹立しつづけ、天井を睨みつけている。

「近い！　近いから！」

すぐ側まで接近してきたので、仁美は焦った。仁美はソファに座っていて、健人は立っている。反り返ったペニスが、仁美の顔の近くにくる。

「お酒の肴にしたいって言ったのは、仁美さんですよ」

　健人はニコニコ笑っている。

「そうだけど、こんなに近くにこなくていいから……ちょっと離れて……」

　近くに立っていられると、男の匂いが漂ってきた。主にペニスから漂ってくるのだが、それだけではない。

　中高生時代、男子更衣室から漂ってきた匂いを彷彿させた。当時は嫌で嫌でしかたがなかったが、いまはそうでもなかった。自分でも驚いてしまう。健人が離れてくれないのをいいことに、胸いっぱいに男の匂いを嗅いでしまう。興奮しそうになっている。

　そのとき、

「ううっ！」

　健人は突然声をあげると、股間を押さえて前屈みになった。

「どうしたの？」

「くっ、苦しいんですっ！　勃起しすぎて……自分史上最高に大きくなってるみたいで……」

「……どうしろっていうのよ？」

健人は上眼遣いでチラリとこちらを見ると、

「手コキでいいから抜いてもらえませんか？」

甘えた口調でささやいた。まるでお菓子をねだる子供のようだった。

「そっ、そんなことっ……」

できるわけがないと言下に拒否しようとした。しかし、すぐに思い直した。これは意趣返しのチャンスではないか……。

手でしごくだけなら浮気にはならないだろうし、こちらは服を脱ぐ必要さえない。それに、夫を毎回右手でフィニッシュさせている仁美は、手コキに自信があった。無礼な若者を翻弄することだってできるはずだ。

「手だけでいいのね？」

ジロリと健人を見上げる。

「そりゃあ、本当はエッチしたいですけど……」

「それはダメ」

「じゃあ手コキでも……とにかく苦しくてしょうがないので……」

「わかった」

仁美は缶ビールを呷って飲み干すと、缶をゴミ箱に捨てた。健人は仁美の正面に立ち位置を直した。気をつけの姿勢で腰を反らせる。ペニスはもっと反っている。

仁美はカーディガンを腕まくりすると、右手を伸ばしていった。ひとまわり以上年上の女として、ここは堂々と振る舞おうと思った。態度は生意気でも所詮は大学生、人生経験もセックスの経験も、こちらのほうが圧倒的に上なのである。

肉の棒に触れた。細指をからみつけて手筒をつくった。硬かった。驚くほどだった。しかも熱い。ズキズキと脈動を打っている。

夫のものとは全然違う……。

猫と虎くらい、と言ったら言いすぎかもしれないが……。

手筒をスライドさせた。夫のペニスをしごくことに慣れている右手には、一往復がやけに長く感じられた。そのうえ重量感もある。カリのくびれ方もえげつない。東京出身の仁美は、関西弁の「えげつない」という言葉が好きではなかったが、生まれて初めてそうとしか形容できないものに出くわした。

「……あっ」

先端の切れ目が光っていると思ったら、みるみるなにかがあふれてきた。俗に言う我慢汁だ。その分泌量がすごく、亀頭から流れてきて仁美の右手を濡らす。

ジロリと睨みつけると、

「しようがないじゃないですか、生理現象ですよ……」

健人は泣きそうな顔で答えた。

たしかにしようがない。意思の力でとめられるものではないのかもしれない。それにしても分泌量が多すぎる。仁美の右手を濡らしただけではなく、包皮の中に流れこんで、しごくとニチャニチャと卑猥な音がたつ。

そんなに気持ちがいいのだろうか？

健人は顔を真っ赤にしている。仁美のしごくピッチに合わせて、腰まで動かしはじめている。

「あっ、あのうっ！」

健人が切羽つまった声をあげた。

「もう出そう？」

「じゃなくて、僕、可哀相じゃないですか？」

「……どういうこと？」

「僕だけ全裸で、仁美さんは服を全部着てて……」

「なにが言いたいわけ？」

「お願いしますっ！」

　健人は顔の前で両手を合わせた。

「全部じゃなくていいんで、服を脱いでもらえませんか？　下着を見せてほしいっていうか……」

「あんたどこまで図々しいのよ」

　仁美はペニスから手を離し、眉をひそめて健人を睨んだ。

「しごくだけって約束だから、しごくだけ」

「お願いしますっ！」

　健人は拝むように両手を合わせるだけではなく、その場で土下座までしはじめた。信じられなかった。仁美はふーっと長い溜息をもらした。

4

「勘違いしないでね。わたしはね、あんたみたいな若い男の子に下着姿を見られても、恥ずかしくもなんともないの。好きでもなんでもない人に見られても恥ずかしくないから、逆に脱げるの。こんなことのために大の男が土下座までして、さすがに憐(あわ)れになっちゃってね……」

仁美は言い訳じみた言葉を継ぎながら、服を脱いでいった。もちろん、頭の中では今日の下着を思いだしていた。シャンパンカラーで素材は光沢のあるシルクだ。バックレースもついているので、そこそこシックでエレガント……。

補整系の下着だったら絶対に服など脱がなかっただろうが、それは幸運なのか不運なのか。ガチガチのガードルなどを着けていれば、断固拒否の姿勢を貫(つらぬ)けたはずだから……。

ただ、下着に問題がなくても、見られたくないものがひとつあった。

ストッキング姿である。

仁美は白いカーディガンとピンクのワンピースを脱ぐと、あわててストッキングをおろし、くるくると丸めて脚から抜いた。男の中には女のストッキング姿に興奮するという人もいるようだが、見られて嬉しい女はいない。

「うわあ……」

仁美がシャンパンカラーのブラジャーとショーツになると、健人は眼を丸くして感嘆の声をもらした。

「すげえ綺麗ですよ、仁美さん。綺麗でセクシー」

「……そう」

仁美の頰は熱くなった。好きでもない若い男に下着姿を見られても恥ずかしくないはずだった。そう思って脱いだものの、実際にはやはり恥ずかしい。わたしはいったいなにをやっているのだろうと、胸の中に後悔がひろがっていく。

一方の健人は踊りだしそうな勢いではしゃいで、

「ちょっとこっちに来てくださいよ」

後ろから仁美の双肩をつかむと、「わっしょい、わっしょい」と掛け声をかけて洗面所に移動した。

大きな鏡に、下着姿の自分が映っていた。その後ろにいる健人は、全裸である。仁美の体に隠れて股間は見えないが、鏡に映っている彼は、外で見たより大きく感じられた。理由ははっきりしている。仁美がハイヒールを脱いだからだ。

「エッチな気持ちになってきません？」

肩から二の腕をさすりながら、健人がニヤニヤ笑う。

「誰が触っていいって言った？」

仁美は眼を吊りあげた——つもりだったが、鏡に映った自分は怒りの表情になっていなかった。眼の下が紅潮し、黒い瞳が潤んでいた。相手が全裸で自分が下着姿となると、さすがに平常心ではいられない。

調子に乗った健人の手のひらが、お腹の上まで撫でてくる。

「そこまで。それ以上やったら怒るわよ……」

言葉は続かなかった。健人がお腹を抱きしめてきたからだ。バックハグである。となると当然、勃起しきったペニスがお尻にあたる。ヒップの丸みを凹ませる勢いで押しつけてくる。

「やめ……て……」

仁美の唇から放たれた言葉は、季節が過ぎた桜の花のように弱々しくどこかに舞っていった。

健人が後ろから双乳をすくいあげても、抵抗できなかった。まだブラジャーの上からだが、わしわしと力強く揉んでくる。

夫のやり方と全然違った。大柄な彼は手もまた大きい。ブラのカップの上から揉まれているだけで、抵抗する気力を奪われていく。スポーツマンが苦手なのは嘘じゃないのに、逞しい男に乱暴に求められることを、もうひとりの自分が欲している。

「やっ、やめなさいっ……」

それでもなんとか、仁美は最後の気力を振り絞って言った。

「あなた、悪いことしてるのよっ……わたし胸を触っていいって言った？　言ってないわよね。合意もないのに女にこういうことするのは、人間の屑なんだから」

「人間の屑にはなりたくないんで、合意してください」

「あああっ！」

健人の右手が両脚の間に触れた。こんもりした小丘を手のひらで包まれた。もちろん、シャンパンカラーのショーツが、股間にはぴっちりと食いこんでいる。その上から、健人は刺激してきた。ぐっ、ぐっ、ぐっ、と恥丘の下を押すような動きだ。

されたことのないやり方だった。ベッドの中でも紳士面をやめようとしない夫は、撫でたりさすったりは大好きだが、押してはこない。

健人の愛撫は、力強かったが乱暴ではなかった。やがて、ぐっ、ぐっ、ぐっ、というリズムが心地よくなってきた。恥丘の下にはクリトリスが隠れている。両脚を閉じた状態にもかかわらず、敏感な肉芽まで刺激が届く。

「腰が動いてますよ」

健人が耳元でささやき、仁美は唇を嚙みしめた。目の前が鏡なのだから、言われなくても見えている。ぐっ、ぐっ、ぐっ、というリズムの魔力は絶大で、こんな状況にもかかわらず腰が動いてしまう。ダンスを踊るようにくねくねと……。だが、それよりもっと恥ずかしいのが、真っ赤に染まった顔だった。耳や首まで赤くなり、まるでおぼこい小娘みたいだ。

「そっ、そんなにわたしとやりたいのっ！」

仁美は叫ぶように言った。

「わたしなんて、三十五歳のおばさんよ！　結婚してるし、五歳の子供だっているし、わたしみたいなおばさんなんか相手にしなくても、あなただったら若い女の子のひとりやふたり、すぐつかまえられるでしょ！」

燃えるように熱くなっている頬を、大きな手のひらで包まれた。振り返らされ、直接に眼が合った。

「そういうこと、言わないでください……」

こちらの顔をのぞきこんでくる健人の眼は、ひどく悲しそうだった。

「仁美さんはおばさんなんかじゃない。とっても綺麗だし、セクシーだし、そうじゃなかったらエッチしたいと思いませんよ」

仁美の完敗だった。

「わかった……じゃあもう好きにしていいから、ベッドに行きましょう。ね、ここはちょっと……さすがに恥ずかしいから……」

生まれて初めて、浮気をすることになりそうだった。不思議なくらい、罪悪感はなかった。それがなぜなのか、考えることはできなかった。

「きゃっ！」

健人がひょいと体を抱えてきたからだ。お姫さま抱っこである。大人になってからそんなことをされたことがなかったので、仁美は激しく動揺した。

「やっ、やめてっ！　おろしてっ！」

「ベッドまで運ぶだけですって」

健人は余裕綽々（よゆうしゃくしゃく）だ。彼の大きな体は見かけ倒しではなく、本当に力持ちだった。

「はい到着」

ベッドにおろされた仁美の頭の中では、様々な想念がぐるぐるまわっていた。若い健人が、三十五歳の体を抱いてがっかりしないか？　行為の途中、あるいは終わったあとに暗い顔をされたら、深く傷つきそうだった。

どうすればいいのだろう？　ずっと年上の大人の女として、大胆に振る舞ったほうがいいのか、そうではないのか？　そもそも、セックスをするのであれば、まずはシャワーを浴びたい。

　しかし、健人はシャワーを浴びる暇など与えてくれなかった。ベッドにおろすなり、仁美の体をふたつに折りたたんだ。あお向けの状態から背中を丸められた。両脚は開いている。その体勢の身も蓋もないネーミングを、仁美は知っていた。

　マングり返しである。

「ちょっ……まっ……いやよ、こんな格好っ！」

泣きそうな顔で訴えても、健人はニヤニヤ笑っている。シャンパンカラーのショーツの上から、陰部の匂いを嗅ぎまわす。

「やめてっ！　先にシャワー……シャワー浴びさせてっ！」

「いいですよ、シャワーなんて……」

　健人がうっとりした顔で返す。

「仁美さんだって、さっき僕のチンコの匂いを嗅いでたじゃないですか」

　顔から火が出そうになった。

　気づかれてたのか……。

　ショック状態の仁美に、健人が追い打ちをかけてくる。ショーツの股布に指を引っかけ、ぐいっと片側に寄せていく。

女の花が、新鮮な空気にさらされた。若い男の熱い視線にも、だ。

「見ないでっ！　見ないでっ！」

部屋は明るかった。ラブホテルなので、枕元に照明のコントローラーがあるはずだった。すぐそこなのに操作できない。マンぐり返しで押さえこまれていては、手足をジタバタさせるのがせいぜいだ。

「可愛いオマンコですね」

健人が勝ち誇ったように言い、仁美は唇を噛みしめながら顔をそむけた。

仁美の花は、花びらがかなり小さかった。陰毛が生えているのは恥丘の上だけで、花のまわりは無毛状態だから、健人の感想は間違っていない。だが、ずっと年下の若い男に、そんなことを言われたくない。

「可愛いけど、すごく濡れている」

ささやきながら、まじまじと見てくる。鼻から息を吸いこんで、うっとりした顔になる。

「あなたのせいで濡れたんでしょっ！」

仁美はもう、自分でもなにを言いだすかわからないくらいに混乱していた。たかがセックスで、こんなふうになったことはない。

「女はねえ、そこを刺激されると濡れるものなの！　生理現象なの！　い、いやあああああーっ！」

健人が獰猛に尖らせた唇を、女の花に押しつけてきた。さらに舌を差しだして舐めはじめる。舌だけではなく顔まで激しく左右に振って、むさぼるように……。

「あああーっ！　はぁあああああーっ！」

夫婦の営みではこらえているあえぎ声が、口から盛大に飛びだした。マングり返しの体勢なので、クンニされているところがはっきり見える。愛撫されているより、食べられているような気がしてくる。敏感な女の花を……。

さらに、両手が胸に伸びてきた。ブラジャーのカップを強引にめくられ、乳首を露出される。あずき色のそれはすでに物欲しげに尖って、男の太い指でつままれると電流のような快感が体の芯まで響いてきた。

「感じやすいんですね？」

健人がささやく。唇が濡れている。そのまわりまでテカテカ光っている。

「可愛いですよ、仁美さんが感じている顔」

「見ないでよっ！」

顔をそむけたところで、マングり返しで押さえこまれていては、健人の視線から逃れられない。両手で顔を隠すと、健人に両手首をつかまれた。相手は力が強いから、抵抗しても無駄だ。嫌だ嫌だと言いながら真っ赤になってあえいでいる女の顔を、舐めるように眺めまわされる。

恥ずかしかった。

だがその一方で、怖いくらいに興奮している。セックスでこんなに興奮したことがあっただろうかと、考えこんでしまいそうになるほどだ。

仁美がいままで体を許した男は、みな紳士だった。紳士でなければ、そもそもベッドインを許さなかった。

間違っても、ナンパしてくるような男ではなかった。騙し討ちのようにしてラブホテルに連れこまれたり、こちらがＮＯと言っているのに、あの手この手でセックスを強いられたこともない。

本当は……。

こういう強引なタイプをどこかで求めていたのだろうか？　嫌がる女をマングり返しに押さえこみ、むさぼるようなクンニをする逞しい男を……。

長くは考えていられなかった。

健人がマンぐり返しの体勢を崩し、ハアハアと息をはずませている仁美の体から、ブラジャーとショーツを奪ってきたからである。

5

両脚をひろげられた仁美は、きつく瞼（まぶた）を閉じた。

下着を脱がされているときから、「無」になるように脳にメッセージを送りつづけている。

これから先のことを考えたくなかった。前戯（ぜんぎ）の段階であえぎ声まであげてしまうなんて、普通ならあり得ないことだった。ということは、ここから先もあり得ないことが起こるはずだ。あり得ないほど乱れてしまう恐れがある。

「んんっ！」

濡れた花園に異物を感じ、眉根を寄せた。異物というか、ペニスの先端だ。だが、ただのペニスではなかった。薄眼を開けて確認すると、やはりコンドームを被せてあった。

一瞬、仁美は眼を泳がせた。

「若いくせに、マナーを心得てるじゃない」

声をかけると、健人はふっと笑った。当然でしょ、と言わんばかりだ。

「病気が怖いわけ？」

健人は首を横に振り、

「妊娠させちゃうほうが何千倍も怖いですよ」

「わたし、避妊リング入っているから、生で入れて中で出してもいいよ」

健人がびっくりしたように眼を丸くする。

仁美が避妊リングを入れたのは、子供はひとりいればたくさんだと思ったからだ。しかし、他にも理由がある。

コンドームが体質に合わないのである。たぶん、ゴムの感触がダメなのだと思う。結婚して避妊から解放されたときは、セックスってこんなに気持ちよかったのか、と驚いたくらいだ。

「まあ、病気が怖いならそのままでいいけどね」

健人はニッと笑ってコンドームをはずし、

「仁美さん、病気もってるようには一ミリも見えませんから」

剝きだしになったペニスの先端を、あらためて濡れた花園にあてがった。ドクンッ、ドクンッ、と高鳴る心臓の音を聞きながら、仁美は息をとめて身構えた。眼を閉じようとしたが、できなかった。健人がクスクス笑っていたからだ。

「なによ？」

怖い顔で睨んでやる。

「あんなに拒否ってたのに、生で中出しＯＫしてくれるなんてやさしいな、と」

「どうせするなら気持ちがいいほうがいいでしょ」

すっかりそういう気分になっていた。残りの人生で、こんな状況がもう一度訪れるとは思えない。ならば楽しんだほうがいい。乱れてしまってもかまわない。事態がここまで進んでしまった以上、意地を張りつづけるほうが愚（おろ）かだと思う。

「じゃあ、いきますよ」

健人が笑うのをやめ、険しい表情で腰を前に送りだしてくる。ずぶっ、と先端が割れ目に埋まる。そのときの声はこらえた。しかし、ずぶずぶと一気に奥まで入ってこられると、

「はっ、はぁうううううううーっ！」

全身を跳ねあげて喉を突きだしてしまった。

健人のペニスが大きいのはわかっていたことだった。若者だとしても、硬さや反り具合が並外れていることもだ。

にもかかわらず、びっくりした。先端が驚くほど奥まで届いていて、最初の一撃で快感のピンポイントを撃ち抜かれた感じだった。

思考回路がショートし、あわあわするばかりの仁美を見下ろし、健人は舌なめずりをすると、

「いい眺めだ……でも、もっといい眺めにしたくなっちゃいました」

上体を被せて抱きしめてきた。次の瞬間、仁美の体はふわりと浮いた。抱えあげられたのだ。繋がったまま体位を変えたのである。

騎乗位に……。

「ちょっ……まっ……なんでわたしを上にするのよ……」

仁美は騎乗位が苦手だった。腰を動かすのが下手なわけではない。むしろ上手い。だから、感じすぎてしまうのだ。あとから思いだすと顔から火が出そうなほど乱れてしまうから、自分で自分に禁じている体位なのである。

「動いてくださいよ」

健人が腰をさすってくる。これはもう逃れられない。なにより、仁美の体は動きたがっていた。濡れた肉穴には、硬くて大きな肉の棒が入っている。このままじっとしているほうが、拷問のようなものだった。

「んっ！　くぅううっ……」

眼をつぶって動きはじめた。股間をこすりつけるようにして前後に動くのが、仁美のやり方だった。最初は遠慮がちに前後させて、ゆっくりとピッチをあげていく――つもりだったが、久しぶりの騎乗位に体が反応してしまう。

「ああああっ……あああああっ……」

まだ低めだったが、声をもらしながら腰を振るほどに、三十五歳の熟れた体は性感が開花していくようだった。健人のペニスは見た目通りに逞しかった。こすってもこすっても、びくともせずに屹立している。

「あああっ、いやあああっ……」

羞じらいにあえぎながら、腰の動きをフルピッチまで高めた。クイッ、クイッ、と股間をしゃくるように、いやらしすぎる動きを披露する。

そうなればもう、ここが真っ昼間のラブホテルで、相手がナンパをしてきた若い男であることも、どうでもよくなってくる。しっかりと眼をつぶっているから、仁美は自分の世界にどっぷり浸っている。

「ああああーっ！　あううううーっ！」

結合部から、ずちゅっ、ぐちゅっ、という肉ずれ音がたちはじめると、もうダメだった。激しく腰を振りたてながら、両手で乳首をつまみあげた。

仁美はピストン運動を受けながら乳首を刺激されるのが大好きなのだ。これ以上素晴らしい快感を他に知らない。しかし、男はなかなかいじってくれない。体位によってはするのが難しい場合もあるが、騎乗位なんてちょっと手を伸ばせば乳首に届くのに、平気な顔でスルーする。自分でやるしかない。

とはいえ、騎乗位で腰を動かしながら自分で自分の乳首をつまむというのも、なかなかにはしたないセックスマナーである。昔、恋人にドン引きされたことがある。されて当然なほど乱れまくったので、言い訳することもできなかった。

しかし、相手がナンパしてきた若い男なら、恥をかいてもいいだろう。どうせ二度と会わないのだ。気持ちよくならなければ損である。

「あぁっ……イッ、イキそうっ……」

クイッ、クイッ、としゃくる股間に力をこめ、最終コーナーをまわると、

「あああっ、イクイクイクッ……イクウウウウウウーッ！」

ビクンッ、ビクンッ、と腰を跳ねあげた。イキにくい体質ではないが、イクまでの時間がいままでで最速だった。こんなに早くイッてしまうなんて、さすがにちょっと恥ずかしい……。

しかも、騎乗位はイッたあとが面倒だ。呼吸を整えるために上体を倒して男に体を預けたくても、相手は夫でも恋人でもない。自分で激しく腰を振り、さっさとイッてしまった女を見上げてドン引きしているはずの若い男に抱きつくのは、いくらなんでも恥の上塗りだ。

恐るおそる瞼をあげた。

できればあんまり引いていないでほしいと願いながら……。

幸いというべきか、健人は引いていなかった。眼をギラつかせ、小鼻をふくらませた、はっきりと興奮がうかがえる顔でこちらを見上げていた。

「すごいエッチなんですね、仁美さん……」

噛みしめるように言うと、

「もっとエッチになってください……」

両手を仁美の両膝に伸ばしてきた。一瞬、なにをされるのかわからなかった。

健人は強い力で、仁美の両膝を立ててきた。

つまり……。

男の上に乗ったまま、M字開脚の体勢にされたのである。もちろん、ここまで恥ずかしい体位はしたことがなかった。セックスなんて女にとっては恥ずかしいことばかりだが、その中でもこれは最上位に位置するのでは……。

「いっ、いやっ……いやよっ……」

上ずった声をもらして両脚を閉じようとしても、健人が押さえているのでできない。怯える仁美をギラついた眼で見上げながら、逆にぐいぐいと両脚を開いてくる。

「あああーっ！」

仁美はバランスを崩して後ろに倒れそうになった。いっそ倒れてしまったほうがマシだったかもしれない。

反射的に後ろに手をつこうとしたら、つかまる場所があった。健人が膝を立てていたのだ。それをつかんで体を支えた。後ろにのけぞった格好で……。

両脚をひろげてのけぞっているということは、股間を出張らせているということである。しかも、M字開脚の中心には深々とペニスが埋まっている。まるで男の眼に結合部を見せつけているような格好なのだ。

「いっ、いやあああああーっ！」

叫び声をあげたのは、羞じらいのせいではなかった。健人が動きだしたのだ。ずんずんっ、ずんずんっ、と下から突きあげてきた。

オルガスムスに達したばかりの仁美の体は、敏感になっていた。健人が動きだした瞬間は、思いきり顔がひきつったはずだ。

しかし、女の体は複雑だ。すぐに刺激を快感として受けとめた。それも、普通の快感ではなかった。五回も突きあげられないうちに、頭の中が真っ白になった。怒濤(どとう)の勢いで押し寄せてくる快感に揉(も)みくちゃにされながら、ひいひいと喉を絞ってよがり泣き、体中の肉という肉を痙攣(けいれん)させることしかできなくなる。

「ああっ、ダメッ……ダメようっ……イッ、イッちゃうっ……またイッちゃううううっ……続けてイッちゃうううううーっ！」

自分の体が自分の体ではないみたいだった。騎乗位なのに、自分で動いていないからだ。恥ずかしい格好に押さえこまれ、下から一方的に突かれている。興奮にペニスがさらに膨張(ぼうちょう)したのか、あるいは仁美のほうが食い締めているのか、性器と性器の密着感もすごい。

「イッ、イクッ！　イクウウウウウウウーッ！」

顔を真っ赤にして絶叫した。感電でもしたかのように、体中がビクビク、ビクビク痙攣していた。勢い、結合がとけた。スポンッとペニスが抜けてしまったのだ。

「いっ、いやあああああーっ！」

仁美は悲鳴をあげて眼を見開いた。ペニスが抜けたことはどうだってよかった。

イッた直後はむしろ抜けてくれたほうが体が楽なくらいだが、抜けた衝撃で失禁してしまったのである。

経験したことはないが、潮吹きという現象は知っている。気持ちがよすぎて愛液が細かい飛沫（しぶき）となって飛び散るらしい。

そういうものではなく、かなりしっかりした一本の放物線が放たれていた。着地点は健人の逞しい胸板だ。

仁美は泣いた。手放しで泣きじゃくった。

感極まってしまうほど激しい絶頂でもあったし、恥ずかしかったし、健人に対して申し訳なくもあった。

健人は余裕綽々で笑っていたが……。

6

両脚の間がヌルヌルした。

健人が吐きだしたものが、まだ体内に残っている。ティッシュで拭（ふ）かなければと思っているのに、体が動かない。指一本動かす気力がない。

これが本物のセックスなら……。

自分がいままでしてきたことは、いったいなんなんだろうと思った。

快楽の濃さも深さも衝撃度もまるで違う。健人が一度射精する間に、仁美は軽く十回以上は絶頂に達したはずだ。イキながら失禁してから先は、めくるめく快感の連続だった。完全に骨抜きにされてしまった。

健人はいま、シャワーを浴びている。

バスルームから出てくると、タオルで体を拭いながらこちらにやってきた。全裸だったが、チラリと見えたペニスが勃起していなかったので、少しホッとする。これ以上求められたら意識を失うか、正気を失うだろう。

「なんかしんどそうですけど、シャワー浴びてもらえません？」

健人が楽しげに言った。

「もう一時半だから、急がないとランチタイム終わっちゃいます。代打の店、マジでけっこうおいしいですから。昔ながらの洋食屋って感じで」

その約束は生きていたのか、と仁美は胸底でつぶやいた。てっきりホテルに誘うための嘘だと思っていた。

　もっとも食欲なんてまったくなかった。健人は食事をしてからセックスをすると感度が悪くなるようなことを言っていたが、逆も真なりらしい。ここまで性欲を満たされすぎると、なにも食べたいとは思わない。

「あんたさあ……」

　恨みがましい眼つきで健人を見た。

「こんなおばさん抱いてなにが楽しいの？　まわりに若い子がいっぱいいるでしょ、ピチピチの女子大生が」

「はあ？」

　健人は不思議そうな顔で首をかしげた。

「ちょっとなに言ってるかわかんないですね。そりゃあ大学にも女子はいますけど、異性として意識したことはないです」

「そういう性癖なの？　熟女好きっていうか……」

「性癖っていうか、普通に仁美さんくらいの年ごろの人のほうがセックスしてて楽しいですから。エッチだし、そのくせ羞じらい深くもあったりして、とにかく性感が熟れてるから、感じやすいしイキまくるし……」

「……悪かったわね、イキまくって」

仁美は顔をそむけてボソッと悪態をついた。正直、健人の眼をまっすぐに見られなかった。

「それはもう、好みとかを超えた動かしようのない真実ですからね。セックスするなら、同世代よりもオーバーサーティ。僕は三十代半ばがいちばん好きですけど、四十代が好きなやつもいる」

「熟女好きの友達がいるわけね？」

「そんなのいっぱいいますよ。僕のまわりだと、圧倒的にギャルより熟女。まあ、仁美さんは若く見えるから熟女呼ばわりするのは申し訳ないですけど、とにかく三十代とのセックスは最高！」

「ふーん」

そのときの仁美にはまだ、健人の言葉が実感できなかった。ただ、ナンパをしたのが初めてだというのは嘘だな、と思った。健人は年のわりにはセックスがうますぎるし、熟女の扱いにも慣れている。

第二章　東横線の女（1）

1

高いなあ……。

スーパーのレジでクレジットカードを出しながら、高宮彩香（たかみやあやか）は内心で深い溜息をついた。

自由が丘の駅前にあるスーパーは、肉でも魚でも調味料でも、総じて値段がお高めだった。ものがいいのだからしかたがない、と彩香は自分を励（はげ）ました。実際、以前住んでいた家の近くにある庶民的なスーパーより、いいものが揃（そろ）っている。最初に来たときは小躍りしそうなほど嬉しかったのだが、いいものはやはり、それなりの値段がするものだ。

彩香は三十五歳。某化粧品メーカーの美容部員として、渋谷にある百貨店で働いている。

美しい容姿をしている、とよく人に褒められる。彩香本人にもその自覚がある。だが、生まれもったものだけではなく、努力によって得られた部分も大きいと思っている。努力型の美人なのだ。

化粧品を扱うコーナーは、たいてい百貨店の一階にある。つまり、美容部員は百貨店の顔、いつだって美しくなければならない。

そう思っているから、健康には過剰なくらい気を遣い、体重管理を徹底し、仕事柄当然と言えば当然だが、コスメの研究にも余念がない。

ただ、その努力は諸刃の剣でもあった。いいものを知ってしまうと、服でも靴でもコスメでも、値の張るものが欲しくなる。値の張るものを買っていると、懐が寂しくなりがちだ。

とくに、半年前に自由が丘に引っ越してきてからは、月末になると銀行口座の残高が、小学生の小遣いのような額になるようになった。

自由が丘……。

川崎市北部で生まれ育った彩香にとって、ここはずっと憧れの街だった。家賃が少々割高でも、一生に一回くらいは好きな場所に住んでみたかった。いや、美しい女でいるためには、自由が丘のような街に住む必要があった。おしゃれな街に住んでいれば、いい加減な格好で買物に行けない。自然と美意識が高まる。

しかし、実際に住んでみると、家賃が高いだけではなく、日々の買物にも割高感がついてまわった。ちょっとパンが食べたくなっても、気の利いたおしゃれな店しかなく、そういう店は当然高い。

おまけに、自由が丘は雑貨店がとても充実しているから、街を歩いているだけで、可愛いカップやランチョンマットが眼にとまってついつい買ってしまう。

ピンチだった。

今月はクレジットカードの支払いをしたら、現金がほとんどなくなってしまった。週末には同僚の結婚式があるというのに、ご祝儀袋に入れるお金がない。カードでキャッシングするのは、利息が高いので避けたかった。

彩香には五歳年上でグラフィックデザイナーをしている夫がいる。夫に言えば三万円くらい貸してくれるだろうが、「見栄を張って自由が丘なんかに引っ越してくるからだよ」と嫌味を言われるに違いない。

夫は自由が丘に引っ越してくることを反対していた。「そんな新婚夫婦のデートスポットみたいなところに住みたくない」というのが理由だったが、彩香が一年近くかけて説得したのだ。

自由が丘での暮らし自体はすこぶる気に入っているので、夫に相談して嫌味なんて言われたくなかった。夫は草食動物のように穏やかで、一緒に暮らしていてストレスを感じないのだが、そもそもが陰キャなので、こういう場合はねちっこい嫌味攻撃がとまらなくなる。

悩みに悩んだ挙げ句、高校時代からの親友にお金を借りることにした。

沢口仁美にＬＩＮＥでそのことを伝えると、

——全然オッケー。

と軽やかなレスがきた。しかも、

——お金に困ってるなら電車賃ももったいないでしょ。わたしが渋谷まで行くから、ランチでもしようよ。もちろん、ご馳走する。

　とやけに景気もいい。彩香は内心で首をかしげた。仁美は派遣社員をやめて、いまは専業主婦なはずだ。それほど景気がいいはずがないのだが……。

　いやいや、仁美は昔から姐御肌で、友達の窮地を見逃せない女だったではないか。そういう彼女だから彩香も借金を申し込んだわけであり、快諾してくれたのなら、黙ってお言葉に甘えておけばいい。

　ＬＩＮＥでやりとりした翌日、スペイン坂の近くにあるイタリアンレストランで仁美と落ちあった。店を指定してきたのは仁美だった。店の前に出された看板によれば、ランチコースが五千円もするところだったので、彩香は一瞬、店を間違えたのではないかと焦ってしまった。

　恐るおそる店内に入っていくと、仁美が笑顔で手を振った。薄暗い間接照明の店だったが、仁美の笑顔はいままで見たことがないほど輝いていた。

　彩香はますます訳がわからなくなった。仁美は高校時代から、笑わないことで有名だったのだ。顔立ちは可愛いのに、笑わないから妙に威圧感があり、内心で彼女を恐れていたクラスメイトは少なくないはずである。

「なんか雰囲気変わってない？」

　向かい合わせの席につくなり、彩香は訊ねた。仁美とは、忖度なしで本音をぶつけられる絆がある。

「前に会ったのいつだっけ？　お花見だったから三カ月くらい前？　あのときと、まるで別人に見えるんだけど……」

「そうかな、ふふっ……」

　仁美はひどく楽しそうだった。いきなりお金の話も不粋だと思い、ランチコースを食べている間、彩香はどうでもいいような友人知人の噂ばかりをしゃべっていた。仁美は笑顔で聞いている。「わたし、ワイン飲んでいいかな？」とアルコールまで注文する。仕事中の彩香はもちろん飲めないが、この店の支払いは仁美が請け負ってくれるそうなので、文句は言えない。

　食後のコーヒーが運ばれてくると、仁美はバッグから財布を取りだし、一万円札を三枚抜いて彩香に渡してくれた。

「それで足りるの？　あと二万円くらい貸してあげようか？」

「えっ……」

彩香は一瞬、返す言葉を失った。

「いるの？　いらないの？」

「あっ、あのさ……お金を借りておいてこんなこと言いたくないけど……あんたどうしたの？　まさか宝くじでも当たったとか？」

「違う、違う」

仁美は笑顔で首を横に振った。

「ちょっと昔に戻っただけ。うちら女子高生時代、そのへんのサラリーマンやOLよりお金持ちだったじゃない？」

彩香は無言で眼を泳がせた。ニヤニヤと意味ありげに笑っている仁美からは不穏な空気ばかりが漂ってきて、続きを聞くのが怖くなってくる。

2

職場のある百貨店の一階に戻っても、彩香はまるで仕事に集中できなかった。

「美容部員は百貨店の顔」と自分にも後輩にも言い聞かせ、磨きあげた美貌と鍛え抜かれた笑顔で接客しているのだが、その日は気がつけばぼうっとし、ずっと年下の後輩に、「大丈夫ですか？」と声をかけられる有様だった。

理由ははっきりしている。

昼休みに聞いた、仁美の話のせいだった。

食後のコーヒーを飲みながら、仁美は切りだしてきた。

「高校時代、うちらエンコーしてたじゃない？」

彩香はうなずいた。援助交際といっても、自分たちがしていたのは売春ではない。食事をしたりカラオケをしたりするだけで、お小遣いを貰っていた。いまで言うパパ活のようなものかもしれない。

仁美に彩香、あともうひとりのクラスメイトを含めて三人でやっていたのだが、びっくりするくらいお金が入ってきた。

世間にはこれほどたくさんのロリコン中年がいるのかと呆れもしたが、交渉役の仁美が優秀だったからだ。「あんたみたいなわかりやすい美人が仲間に入ってくれたからよ」と仁美は謙遜するが、一時間一緒にカラオケをするだけでひとり二万円のお小遣いをせしめたりする。相手はたいてい、三十代後半から五十代だった。大人の男だ。彩香が交渉役だったら、五千円でも話をまとめる自信がなかった。

「でもさ……」

彩香は不安げに眉をひそめながら言った。

「あれはうちらが女子高生で、制服っていう最強の武器をもっていたからできたことでさ……いまはもう、三十五歳の既婚者よ」

「だからもう、最後まで許すわけよ」

「えっ……」

彩香が眼を見開くと、

「ちょっと待って。なんか言うのは、話を全部聞いてからにしてもらっていい？　わたしも最近知ったんだけどさ、熟女ってうちらが想像している以上に需要があるのよ。ひとまわり以上年上の熟れたおねえさんとエッチなことしたいと思ってる若い男の子がいっぱいいるの。それを開拓できるルートを見つけたから、そういうところサバけてる友達を誘ってエンコーしてみたら、あーらびっくり、気がつけばお財布がお札でパンパン……」

彩香は黙って聞いている。

「それにね、このお小遣い稼ぎがいいのは、お金を貰いながら性的にも満たされるってことなわけ。女子高生のころは、売春なんて冗談じゃないって思ってたよね？　それはそう。結婚前の清らかな体を、知らないおじさんとかに穢されるのは絶対に嫌だった。でもさ、いまはもういろんな経験をして、既婚者なわけじゃない？　もったいぶる必要あるのかなあ、って思ったわけよ。そんなにいいもんでもないんじゃないかって……」

彩香はふーっと長い息を吐きだすと、

「驚いた。まさか仁美がそんな話を持ちかけてくるなんて……」

困惑しきりに顔を下に向けた。

「興味ない？」

「どうだろう……」

「あんた、最近、ダンナとエッチしてる？」

彩香は力なく首を横に振った。

「レスよ、レス。最後にいつしたのか覚えてないくらい。もう結婚八年目だもん」

「若い男の子とのセックスって、すごいわよ」

「……嘘でしょ」

彩香は仁美を見て眉をひそめた。

「それがホントなんだな。わたしもね、最初はなにも期待してなかったんだけど、たぶんネットのせいじゃないかなー。若くても女の体の扱い方をよく知ってるし、乱暴なこととか絶対にしない。それに近ごろの子は聞き分けがいいから、変なことしたら叱ってあげれば、ちゃんと謝ってくれるし……」

「……そうなんだ」

「そう、そう。うちはまだレスにはなってなくて、週に一回って約束でしてるんだけど……たまたま若い男の子と寝る機会があってね、それがもう、ものすごかったのよ。ダンナのことは嫌いじゃないけど、セックスは……なんていうか、若い女の子に執着してる中年おやじの気持ちがちょっとわかったもん」

彩香は腕組みをして黙りこんだ。若い男とのセックスは、どこがどういうふうにいいのか、微に入り細を穿って訊ねてみたい気もしたが、できなかった。そこは真っ昼間のレストランで、お酒も飲まずにそんなことを訊ねるのはさすがに恥ずかしかったし、昼休みが終了する時間も迫っていた。

だが、職場に戻ったからといって、そんな話を聞いたあとでは、仕事に身が入るはずがなかった。

「彩香さん、今日はぼうっとしてばっかりですね」

同僚に皮肉を言われても、エンコーのことばかり考えつづけ、百貨店が閉店して帰路につくころには、仁美の話に乗ってみる気になっていた。

理由はいくつかある。

いちばんはもちろんお金だ。女子高生時代のようには稼げなくても、月に五万でも十万でも入ってくれれば、自由が丘での生活がより豊かになる。いつもいつもお金のやりくりに悩んでいては、ストレスが溜まって健康によくない。

第二の理由は、仁美が信用できる女であることだ。

女子高生時代、仁美は絶対に相手を見誤ることがなく、キスさえさせない援助交際を成立させていた。週に二、三回のペースでだ。おかげで自分たちはすこぶる安全にお小遣いを稼げたし、嫌な思いをしたこともない。仁美が仕切っているのなら、信用してもいい話だと思う。

問題は……。

セックスだった。それについては不安しかない。仁美は若い男とするのは最高だと言っていたが、さすがにその言葉を額面通りには受けとれなかった。セックスは極めて個人的なものであり、仁美にとって最高の相手でも、彩香にとってもそうなる保証はないからである。

正直、彩香はセックスがあまり好きでなかった。そもそも苦手だったから、夫とレスになっても、それほど不満はなかったのだ。

それでも彩香は、思いきって仁美に「わたしもやりたい」とＬＩＮＥした。夫とはとっくにセックスレスであり、今後もたぶん、夜の営みが復活することはないだろう。どうせ塩漬けにされている体なら、お金のために多少汚してもかまわない気がしたのである。

百貨店は土日が稼ぎ時だから、美容部員の休日は平日が多く、シフトによって決まる。

今週は水曜日が休みだった。午前十時、彩香はJR五反田駅の東口で仁美にアテンドしてもらった相手を待っていた。

最初は渋谷で待ち合わせと言われたのだが、さすがに職場の近くではリスキーすぎる気がして、五反田にしてもらった。彩香にとって五反田は、何度か飲みにきたことがあるくらいで、馴染みのない場所だった。知りあいが住んでいたり働いていることもない。

平日が休みなのには慣れていたが、午前中からエンコーの相手と待ち合わせというのは不思議な感じがした。これからお金のためにセックスをするというのが自分でも信じられず、夢でも見ているような気分だった。

仁美によれば、相手はおとなしい大学生らしい。大学生が人妻を買うというのもリアリティが感じられない話だったが、なんでも東京大学在学中で頭脳明晰、コンピュータプログラマーのアルバイトでサラリーマン並みに稼いでいるという。

五月の終わり、もうすぐ梅雨が始まりそうな蒸し暑い日だった。

彩香は女優のようなツバの広い帽子を被り、サングラスをかけていた。彩香は背が高いから、菖蒲色のワンピースに白いハイヒールでそんなふうに顔を隠しているとかえって目立ちそうだったが、自分とは特定できないだろう。

「あのう……」

後ろから声をかけられ、ビクッとした。

「宇佐美って男と、待ち合わせしてます？」

「え、ええ……」

彩香は顔をこわばらせてうなずいた。待ち合わせの相手には、今日の装いをあらかじめ伝えてあったから、声をかけられるのは想定内だったが……。

「あなたが宇佐美さん？」

うなずいた男の風貌があまりに特徴的だったので、彩香の顔はますますこわばり、言葉を失ってしまった。

本名かどうかわからないが、宇佐美紀生という名前らしき彼は、背が低かった。一六〇センチもないのではないだろうか。彩香は一六五センチにハイヒールなので、ざっと頭ひとつぶんくらい小さい。さらにひどく痩せている。彩香もモデル体形だが、こちらより細いのではないだろうか。

真ん中分けの黒い髪に、黒縁の眼鏡——清潔感がないわけではないが、異様にオタクっぽい。白いTシャツをズボンにインしてリュックを背負っていることが、その印象に拍車(はくしゃ)をかけている。

「行きましょう」

宇佐美にうながされ、歩きだした。こちらは彼より背が高く、あまつさえひとまわり以上年上なのに、宇佐美は落ち着き払っている。きっとこういうことをよくしているのだろう。お金を使って熟女と遊ぶことに慣れているに違いない。

彩香はあらかじめラブホテルの場所をネットで調べてきた。五反田駅の東側にキャバクラや風俗店が林立する歓楽街があり、その奥がラブホテル街になっている。五反田にそういうイメージはなかったので、けっこう意外だった。宇佐美が目指しているのもそこのようだったが、歓楽街を通ることなく、普通の道だけを通ってラブホテル街に辿(たど)りついた。やはり慣れている……。

「ここでいいですか?」

一軒のラブホテルの前で訊ねられた。

「……ええ」

彩香は緊張しきっていた。考えてみれば、真っ昼間からラブホテルに入るようなことをいままでしたことがなかった。

宇佐美に続いて、建物の中に入っていった。薄暗く人のいないフロントの光景に、彩香はますます緊張したが、宇佐美は淡々とパネルに表示された部屋を選んだ。

エレベーターに乗った。

部屋は七階にあるらしいが、ひどく動きがのろいエレベーターで、やけに時間がかかった。狭い密室で男とふたりきりという状況に、彩香は身をすくめていた。逆に宇佐美は、無遠慮なくらいジロジロとこちらを見てくる。そのくせなにも言わないので、息が苦しくなっていく。

部屋に入ると、宇佐美はおもむろに財布を取りだし、三枚の一万円札を抜いて渡してきた。二時間で三万円、それが彩香につけられた値段だ。そのうち五千円は、紹介料として仁美に渡さなければならない。信用できる女だが、そういうところはしっかりしている。

「これ気持ち」

三万円を受けとった彩香に、宇佐美はさらにもう一枚、一万円札を渡してきた。

彩香はふっと笑ってしまった。容姿と振る舞いがまるでマッチしていなかったからだ。女とは口もきけないような見た目なのに、やっていることはホステスにタクシー代を渡す中年男のようだ。

「遊び慣れてるのね」

皮肉っぽく言ってやると、

「いいから早く服を脱げよ」

宇佐美が冷たく返してきたので、彩香はビクッとして身をすくめた。

3

この人、危ない人じゃないよね……。

ホックをはずすために首の後ろに両手をまわしながら、彩香の鼓動（こどう）は激しく乱れていった。こちらが金を受けとった瞬間、宇佐美の眼つきは青白い炎のようになった。彩香はそういうタイプと付き合ったことがないが、世の中にはドSと呼ばれる男がいるらしい。宇佐美が女をいたぶって悦（よろこ）ぶ性癖だったらと思うと、背中に冷たい汗が浮かんできそうだ。

とはいえ、保険はかけてあった。仁美という紹介者を通しているので、暴力的なことはされないはずだ。

そう自分に言い聞かせても、菖蒲色のワンピースを脱いでいく彩香の体は小刻みに震えていた。エンコーを甘く見すぎていたのかもしれない。脱げと言われれば黙って脱ぐ――お金を貰ってするセックスは、なるほどみじめなものだった。恋愛の延長線上にあるセックスでは、男たちは必死になって女に気を遣う。甘いムードをつくる気のない男の前で、彩香は決して裸にならない。

「エロい下着だな」

宇佐美が笑った。眼は笑っていなかったが。

「とりあえず、脱ぐのはそこまででいい」

彩香はその日、黒い下着を着けていた。胸のふくらみが半分見えているハーフカップのブラジャーに、バタフライのようなTバックショーツ。

同じ百貨店のランジェリーショップで働いている友達が勧めてくれた、フランス製のセクシーランジェリーだ。一年以上、簞笥の肥やしだった。夫とセックスレスなのだから着ける場面なんてないのに、見栄を張って買うんじゃなかったと、ずっと後悔していたものだ。

娼婦になることを楽しもうと、半ば自棄になって着けてきたのだが、自分はやはり娼婦にはなれないと思った。

顔から火が出そうなほど恥ずかしい……。

それはともかく。

脱ぐのはそこまででいいと言われても、ナチュラルカラーのパンティストッキングは脱ぎたかった。セクシーランジェリー姿も恥ずかしいが、ストッキング姿の恥ずかしさは、それとは種類が違う。セクシーでもなんでもなく、滑稽だ。それを男に見られるのは、恥ずかしすぎる罰ゲームだ。

彩香が脱ごうとすると、

「そのままでいい」

宇佐美は冷たい声で強く言い放った。

屈辱を嚙みしめて震えている彩香を尻目に、宇佐美はガサゴソとリュックの中を探ると、なにかを取りだした。灰色で棒状な……。

電動マッサージ器だった。

彩香は青ざめた。セックスがあまり好きではなくても、電マがどういうものなのかくらい知っている。三十路（みそじ）を過ぎた女が何人か集まれば、ラブグッズの話題くらい普通に出る。

とはいえ、彩香自身は使ったことがない。自慰（じい）をしないとは言わないが、自分の指で事足りているし、セックスのときなど論外だ。そんなものを持ちだすやつは、どんなにいい男でも願い下げ……。

「電マもいろいろあるけど、結局はクラシックなこのタイプがいちばん効（き）くんだよなあ……」

宇佐美は強力なパワーアップアイテムを手に入れたゲーマーのように喜々として、電マのコードを電源に繋いだ。延長コードまで持参してきている。

彩香は青ざめた顔で立ちつくしていた。

「そ、そういうのは……」

震える声を、なんとか絞りだす。

「やめてもらって……いいでしょうか？」

「は?」

宇佐美は黒縁メガネの奥で眼を吊りあげると、彩香に迫ってきた。突進する猪(いのしし)のような勢いに驚いて後退(あとずさ)った彩香は、壁際(かべぎわ)に追いつめられた。

「あんた、金を貰っておいてなにすっとぼけたこと言ってんだ?」

「ご、ごめんなさい」

思わず謝(あやま)ってしまう。

「でも、そういうの苦手っていうか、使ったことないし……」

「女を気持ちよくする道具だよ。気持ち悪くするわけじゃない」

「でも……」

「金を貰って気持ちよくしてもらえるんだよ。なんか文句あんのか?」

「……わ、わかりました」

彩香はひきつった笑顔を浮かべた。

「でも、やさしくしてくださいね。本当に使ったことないから……」

宇佐美は表情をみるみる険しくすると、

「あんたの名前は、二階堂玲香(にかいどうれいか)だ」

「えっ……」

意味がわからなかった。

「中学校のとき三年間担任だった女教師だ。とんでもなく嫌な女だった。自分が美人だからって、生徒を容姿で差別する。授業中にいじり倒す。俺はあの女に徹底的にいじめ抜かれた。悔しくて涙を流しても、それをネタにまだいじってきて……だから、仁美さんからあんたの写真を見せられたときには、嬉しくて小躍りしそうになったね。二階堂玲香とそっくりだったからさ……ふふっ、もうわかっただろう？　笑っちゃうくらい、悪いけどやさしくはできない」

彩香は言葉を返せなかった。こういう状況をなんと呼べばいいのだろうか？　逆恨み？　彩香は当事者でもなんでもないから、八つ当たりか？

「もちろん、俺は女に暴力をふるうような馬鹿とは違うから、乱暴なことはしない。快楽責めで悶え泣かせる。頑張ってくれたら、あとでまた金を渡す。いいよね、二階堂先生？」

宇佐美の迫力に圧倒され、彩香はうなずくことしかできなかった。だが、考えてみれば、この状況は悪くないのかもしれなかった。

別人を演じればいいからだ。なにをされても、自分がされているのではないと思うことができるかも……。

「わたしは二階堂玲香だって言ってみろ」

「わっ、わたしは……二階堂玲香です」

「顔が綺麗でスタイル抜群なのは認めてもいいが、それを鼻にかけているのは許せない。英語の発音もまともにできないFラン女子大卒の英語教師、二階堂玲香……これからおまえを私刑にする」

宇佐美は黒縁メガネの奥でギラギラと眼を輝かせると、電マのスイッチを入れた。ブーン、ブーン、という重苦しい振動音が聞こえてきた。

壁際に追いつめられている彩香は、その音だけで体の震えがとまらなくなった。

電マのヘッドが、ブラジャーのカップの頂点に押しつけられる。

「あううっ！」

自分でも驚くほど大きな声を出してしまった。電マの振動が想像を超えて強力だったからだ。

こんなものをいちばん感じるところにあてられたら……。

震えあがる彩香に嬲るような視線を送りながら、宇佐美はふたつの胸のふくらみの頂点を電マのヘッドで刺激してきた。ブラジャー越しにもかかわらず、あっという間に左右の乳首が熱くなった。カップの中で硬く尖っているのがはっきりわかる。硬く尖りながら疼いている。

「ふふんっ……」

彩香の反応を見て宇佐美はなにかを閃いたらしく、

「こっちに来い」

腕を取って場所を移動させられた。洗面所の鏡の前だった。セクシーランジェリーはともかく、ショーツを透けさせているストッキング姿を鏡に映されるのは拷問に近かった。実のところ、拷問はまだ始まってもいなかったのだが……。

「生徒を容姿で差別する極悪女教師、二階堂玲香……返事は？」

「……はっ、はい」

「両手を頭の後ろで組み、少し脚を開け。肩幅くらいだ」

なぜそんなことをしなければならないのか、質問したところで意味がなかった。宇佐美の目的は、恨みのある女教師を辱めることなのだ。やり方はどうであれ、要するに辱められるのだ。

彩香は命じられた通り、両手を頭の後ろで組み、両脚を肩幅ほどに開いた。宇佐美は後ろに立っている。右手に持った電マを彩香の体の前面に伸ばしてくる。

「あううう――っ！」

振動するヘッドが、股間に押しつけられた。痛烈としか言い様がない刺激が、性感帯に襲いかかってきた。経験したことがない衝撃があり、最初は気持ちがいいとさえ思わなかった。

しかし、十秒と経たないうちに気持ちがよくなってきた。それもまた、経験したことがないほど……。

ショーツとストッキング、二枚の下着越しにもかかわらず電マの刺激は痛烈に響き、クリトリスが燃えるように熱くなっていった。振動するヘッドが少し上に這っていくと、今度は子宮がぐるぐるされる。

「あれは中三の春だったな……」

鏡越しに視線を向けながら、宇佐美が言った。

「ポカポカと陽気がいい日で、俺は異常に眠かった。眠気を振り払うために、なにか手を打つ必要があった。それでちょっとノートに落書きをしていただけなのに、おまえは怒り狂って俺に立ったまま授業を受けさせた。そうだろ？」

「……はっ、はい」

二階堂玲香を演じている彩香は、そう答えるしかなかった。

「落書きが見つかったのは授業が始まったばかりのときで、最後まで座ることを許されなかった。ひとコマぶん立たされた。あれはさすがにやりすぎじゃないか？」

「……ごめんなさい」

なぜわたしが謝らなければならないのか、と憤慨することもできないほど、彩香は電マの刺激に翻弄されていた。ブーン、ブーン、という振動音に乗って、腰が動いてしまっている自分が、鏡に映っていた。パンスト姿が恥ずかしすぎるし、両手を頭の後ろで組んでいるのも、みじめさと滑稽さを倍増させている。

「ちょっと落書きしたくらいで、なんだ？　おまえはそんなに清廉潔白な人間なのか、二階堂玲香。いやらしい体しやがって……」

宇佐美は右手で電マを操りながら、左手でブラジャーのホックをはずした。肩にかけるストラップがないタイプのブラジャーなので、床に落ちた。

「ああっ、いやあっ！」

羞じらう声をあげても、両手は頭の後ろなので露わになった乳房を隠すことはできない。べつに縛られているわけではないので、隠そうと思えば隠せるだろうが、鏡越しに宇佐美が彩香を睨んでいる。両手を所定の位置から離したらタダじゃすまない、と顔に書いてある。

「二階堂玲香、おまえは俺が卒業した翌年に結婚したな。ということは、俺たちの担任だったときに、結婚相手といやらしいことをしてたってことだろ？」

宇佐美の左手が、後ろから伸びてきて左の胸のふくらみを裾野からすくいあげる。やわやわと揉みしだく。揉み方がこなれている。硬く尖った乳首までいじられると、股間の刺激と相俟って、彩香はあえぎ声がとまらなくなった。

「ああぁーっ！　はぁあああぁーっ！」

全身を快楽にがんじがらめにされているようだった。あまりの快感に、立っているのがつらくなるほどの眩暈が襲いかかってくる。

「前日に恋人とセックスして、あんあん悶えていたその口で、俺に向かって『立ってなさい！』って怒鳴ったんだろ？」

「あああっ、いやあああぁーっ！　いやあああぁーっ！」

鏡の中にいる自分は、パンスト姿で腰を動かしていた。それだけでは飽き足らず、両脚をガニ股に開いていた。イッてしまいそうなほど気持ちがよかったからだ。もはや意思の力では自分の体を制御できず、真っ赤になった顔をくしゃくしゃにして、あえぎにあえいでいる。

もうダメ……。

このままイカされてしまう、と観念したときだった。不意に電マが股間から離れ、左胸への愛撫もとまった。呆然とした表情でハアハアと息をはずませている彩香に、宇佐美は険しい表情で言い放った。

「両手を洗面台について尻を突きだせ」

4

彩香は頭の後ろに組んだ両手を、なかなか洗面台に向かわせられなかった。電マ初体験の衝撃からまだ立ち直れず、放心状態だったこともある。それに加え、鏡に両手をついて尻を突きだせば、立ちバックの体勢になる。

彩香はバックスタイルが苦手なのだ。結合感は嫌いではなく、むしろ好きだが、お尻の穴を見られることにどうしても耐えられない。なので、その体位を許すのは部屋が真っ暗な場合だけだ。

しかし、ここはラブホテルの洗面所。間接照明の部屋と違って明るい。天井で煌々と灯っているのは蛍光灯だ。

「なにもじもじしてんだよ、エロ教師」

宇佐美が電マのヘッドで尻丘を軽く押してくる。

「まさかいい歳して『お尻の穴が見られそうな格好は許して』なーんて言わないだろうな？」

図星を突かれ、彩香の心臓はドキンと跳ねた。

「電マで悶えまくってるくせにブリッ子か？　結婚相手もそうやって手込めにしたのかい？　だいたいまだパンストまで穿いてるのに、なにが恥ずかしいんだ？」

「ううう……」

彩香は唇を嚙みしめながら、両手を洗面台に伸ばしていった。この世でいちばん嫌いな女のタイプが、彩香の場合はブリッ子だった。それと一緒にされたくなかったし、これ以上罵倒されたくもなかったからだ。

「尻を突きだすんだよ、尻を！」

彩香の突きだし方が遠慮がちだったので、宇佐美が苛立った声で言う。しかたなく思いきり突きだすと、

「ふふっ、やっぱエロいな」

宇佐美はにんまりと相好を崩した。

「だが、エロいからって許されないぞ。立ちバックが大好きだからって、授業が終わるまで俺を立たせていたことは許されない」

「あああっ……」

振動する電マのヘッドが、太腿の内側を這いまわりはじめる。先ほどまでは股間を前から責められていたが、今度は後ろからということか。

「まあいい。立ちバック好きのエロ教師に立たされたというのは、百歩譲って許してやってもいい。だが、あれだけは絶対に許せないぞ……」

舌鋒の鋭さとは裏腹に、宇佐美の電マの使い方は繊細だった。左右の内腿に振動するヘッドを這わせつつも、まだ股間にはあててこない。いくぞ、いくぞ、とフェイントをかけてくるだけだ。

「なにが許せないかって？　チャイムが鳴って授業が終わった瞬間だよ。俺はほとんど泣きそうになってて、それを見た正義感の強い隣の席の女子が、おまえに言ったよな。『先生！　さすがに宇佐美くんが可哀相だと思います。授業が終わるまで立ちっぱなしなんて』……おまえはなんて返した。『あ、宇佐美くん、まだ立ったままだったんだ。背が低いからわからなかったわよ』。教室中が大爆笑で、俺は本当に声をあげて泣きだした。世の中にはなあ、言っていいことと悪いことがあるんだよ。教師のくせにわかってんのか？」

「はっ、はぁうううーっ！」

彩香は洗面所中に響く悲鳴をあげた。振動する電マのヘッドが、ついに股間に押しつけられたからだった。

頭の中が真っ白になり、ひいひいと喉を絞ってよがり泣くことしかできなくなった。前からと後ろからでは、刺激の質量が違った。後ろからのほうが、はるかに快感の密度が濃厚だった。

「ダッ、ダメッ……許してっ……イッちゃうからっ……そんなことしたら、すぐイッちゃうからあああっ……」

「なにカワイコぶってんだよ、差別だらけの極悪エロ教師がっ！」

振動する電マのヘッドが、股間から離された。安堵したのも束の間、次の瞬間、彩香は地獄に堕とされた。

パンティストッキングを、ショーツごとめくりおろされたからだ。女の花に新鮮な空気を感じた。もちろん、後ろの穴にも……。

「いっ、いやっ……いやあああああーっ！　はぁうううううーっ！」

ブーン、ブーンと振動する電マのヘッドが、今度は直接、股間にあてがわれた。当たり前だが、二枚の薄布の保護を失うと衝撃度が全然違った。かさぶたを触られているのと、生傷を触られているのくらい……。

「はぁあああーっ！　はぁあああーっ！　ダメダメダメッ……イッ、イッちゃうっ……そんなのすぐイクッ！　イクイクイクイクッ……はぁあああああーっ！」

オルガスムスへの階段を、彩香は全速力でのぼりつめた。剝きだしのヒップをぶるぶると震わせ、両脚がガクガクとさせて……。

しかも。

彩香がイッているにもかかわらず、宇佐美は電マを股間から離してくれなかった。追い打ちをかけるように、桃割れを指でひろげて後ろの穴を舐めてきた。見られるだけで死ぬほど恥ずかしい排泄器官を、ペロペロと……。

「あああっ、いやあああっ……いやあああああああああーっ！」

悲鳴をあげても、電マの快楽からは逃れられない。生温かい舌に、お尻の穴を舐めまわされているのが気持ち悪い――はずなのに、電マの刺激のせいで、次第に気持ちよくなってくる。

「あああっ、いやあーっ！　イッ、イキたくないっ！　こんなのでイキたくないいいいいいーっ！」

絶叫しながら、ビクンッ、ビクンッ、と腰を跳ねあげる。電マによって、力ずくでイカされてしまった。体中が激しく痙攣し、それがいつまでもとまらない。

「あああああっ……」

ガクッと膝が折れ、その場にしゃがみこんだ。ハアハアと息がはずんでいた。しばらくは呼吸を整えること以外なにもできなかった。

気がつけば、目の前に宇佐美が立っていた。彩香は息を呑み、眼を見開いた。宇佐美が全裸だったからだ。股間ではペニスがパンパンに勃起しきっている。

嘘でしょ……。

びっくりしてしまった。チビでガリなのに、見たこともないような巨根の持ち主だった。長いし、太いし、カリは高い。それが天狗の鼻のように、彩香の顔に向かって突きだされている。

「舐めてもらおうか」

宇佐美は険しい表情で低く言った。

「中学の三年間、俺をさんざん辱めたお詫びに、心を込めて舐めるんだ」

「いっ、いいけど……」

うなずきながら、彩香は頭をフル回転させた。久しぶりのセックスなので、フェラチオのやり方も忘れていた。若いころはいろいろと工夫したり、女同士で情報交換などもしていたが、電マの威力の前に記憶までどこかに飛んでいってしまった。

それでも、やらないわけにはいかなかった。宇佐美に電マで責められているより、フェラをするほうがむしろ楽なような気さえした。

手を伸ばし、長大なペニスを軽く握ると、彩香はもう一度、眼を見開かなくてはならなかった。触れてみると、見た目以上に太かった。長さもある。手にしたときの重量感が、夫のものと全然違う。

これが若さというものなのか……。

恨みのある女教師を演じさせられるのはつらかったが、この長大なペニスにはちょっとは期待していいかもしれない。

ドキドキしながら、唇をOの字にひろげた。

「うんあっ……」

そそり勃っている先端を口に含む。いきなり亀頭を頬張るのははしたない、という説もあるが、彩香はいつもそうしている。飛んでいた記憶が戻ってきたのか、それとも体が覚えていたのか、ゆっくりと唇をスライドさせていく。

フェラでいきなり頬張るのは、ペニスに唾液をまとわせるためだった。最初にそうしたほうが、男も気持ちがいいはずだ。唾液でヌルヌルのペニスを指でしごかれるのは、気持ちがいいに決まっている。

「おおおっ……」

亀頭をしゃぶりまわしてやると、宇佐美はうめきながら腰を反らした。必然的にペニスがこちらに向かって突きだされ、亀頭が喉奥まで入ってくる。彩香は限界まで口をひろげて受けとめたが、すべてを口の中に収めることができなかった。これほどの巨根は、いままで出会ったことがない。

「うんぐっ……ぅんぐっ……」

息苦しさに涙が出そうだったが、嫌な気分ではなかった。彩香は泣きそうになりながら興奮していた。口の中でペニスがどんどん硬くなっていく。宇佐美の興奮も伝わってくる。次はどうするのだろうか？　クンニ？　それともシックスナイン？　彩香はもう電マで二回もイカされている。いきなりこの巨根を入れられても大丈夫だ。入れてほしい。深々と貫いて怒濤の連打を放ってほしい……。

「いつまでかったるいフェラしてんだよ、先生」

宇佐美の両手が頭をつかんできた。逃（のが）れられないようにして、腰を使いはじめた。ピストン運動だ。長大なペニスで喉奥をずんずんとえぐられる。

「うんぐうう－っ！　うんぐううう－っ！」

顔面を犯すような勢いで突きまくられ、彩香は鼻奥から悲鳴を放った。そんなことをしなくても、限界まで口の中に入れているのだ。宇佐美のやり方は、限界を超えて女をいたぶる拷問だった。

涙が出た。熱い涙がボロボロとこぼれ、鼻奥からの悲鳴もとまらない。それでも宇佐美はぐいぐいと腰を動かして、彩香の顔を犯してくる。顔が次第に、涙でぐちゃぐちゃになっていく。化粧が落ち、みっともないほど鼻の穴をひろげているに違いない。息苦しさに、意識が遠のいていきそうだ。

それでも彩香は、興奮していた。薄れゆく意識の中で、いま顔面を犯している長大なペニスが、下の穴を貫いてくるときのことを想像していた。

「謝れよ、先生っ！　謝れよっ！」

宇佐美は絶叫している。できることなら二階堂玲香になりかわって謝ってあげたかったが、この状態ではしゃべることなんてできない。

「詫びろよ、先生っ！　あのときは悪かったって詫びてくれよっ！」

宇佐美の声が遠くなっていく。いよいよ意識を失いそうだと思った瞬間、口唇からペニスが抜かれた。

「ああああっ……あああああっ……」

彩香は胸いっぱいに息を吸いこんだ。口からあふれる涎を拭うこともできないまま、必死に酸素をむさぼった。

ハアハアと息をはずませながら、宇佐美を見上げた。様子が変だった。彩香の頭を両手でつかんだまま、眼をつぶって小刻みに震えている。

よく見ると、涙を流していた。

そのうち、声をあげて泣きじゃくりはじめた。

「ごめんよっ！　ごめんよ、先生っ！」

叫び声をあげると、しゃがみこんで抱きついてきた。

「おっ、俺っ……俺本当はっ……本当は先生がっ……先生が大好きだったんだっ……どんなにいじめられても、先生がっ……俺にとって初恋の人なんだっ！」

驚愕に眼を見開いている彩香の唇に、唇を重ねてきた。彩香の口のまわりは唾液にまみれていたが、おかまいなしにむさぼるようなキスをした。

5

いったいどういう展開なの？

泣きじゃくりながらキスをしてくる宇佐美に抱きつかれながら、彩香は呆然としていた。

好きな女子のスカートをめくりたがるのが男子という生き物らしいが、それにしてもここまで極端な人は珍しいのではないだろうか。

「先生っ！　大好きだよ、先生っ！」

泣きながらキスをするだけではなく、勃起している。それも、反り返り方が増している。先ほどまでは天狗の鼻のように前に突きだしていたが、いまは臍に張りつきそうなくらい上を向いている。

「入れてもいい？　先生のオマンコに入れてもいい？」

涙眼で見つめられた彩香は、コクコクとうなずいた。宇佐美の豹変に呆然としていたが、興奮が冷めてしまったわけではなかった。電マで二回もイカされた三十五歳の体には、完全に火がついている。

宇佐美は立ちあがると、彩香の手を取ってベッドに向かった。布団をめくり、糊の効いた真っ白いシーツの上にふたりで横たわる。その前に、宇佐美は黒縁メガネをはずし、彩香は太腿までずりさがっていたショーツとストッキングを脚から抜いた。

メガネをはずした宇佐美の顔は、意外にハンサムだった。

白いシーツの上に横たわるなり、

「先生っ！　先生っ！」

宇佐美が抱きついてきて、彩香の両脚の間に腰をすべりこませてきた。いちおう涙はとまっていたが、いまにも再び感極まりそうな顔をしている。

「ひどいことして、ごめんね先生っ！　ごめんね……」

勃起しきったペニスを握りしめ、先端を濡れた花園にあてがう。ヌルッとこすれた感触だけで、彩香の黒眼は上を向いた。ドクンッ、ドクンッ、と高鳴るばかりの心臓の音が聞こえてくる。

宇佐美はコンドームを着けていなかった。彩香はピルを飲んでいるのでべつに生で入れてもいいのだが、ちょっとモヤモヤする。マナーとして装着するか、せめて了解を取ってほしかった。

だが、宇佐美はそれどころではないようで、狙いを定めると上体を覆い被せてきた。息のかかる距離まで顔を近づけてくると、

「いくよ、先生っ……入れちゃうよっ……」

涙眼になって彩香を見つめてきた。必死の形相というやつだ。

彩香は微笑ましい気分になった。思う存分男の精を吐きだしたら、この男は感激して泣きだすのではないだろうか？　そんな男と寝たことはないが、なんだか可愛らしい。

「入れて……」

彩香はまぶしげに眼を細めて宇佐美を見上げた。

「先生の中に、宇佐美くんのオチンチン入れて……先生のオマンコに……」

出血大サービスである。

「ああっ、先生っ！　先生っ！」

宇佐美は顔をくしゃくしゃにしながら、腰を前に送りだしてきた。女の割れ目

に、ずぶっと亀頭が沈んだ。電マで二度もイッているし、フェラでも興奮させられたので、彩香の中は充分に濡れているはずだった。

なのに苦しい。類い稀な巨根がむりむりと入ってくるほどに、息ができなくなっていく。

「あああああーっ！」

最奥まで入ってくると、彩香は甲高い悲鳴をあげた。入れられただけで、すさまじい快感が襲いかかってきた。

あたっているからだ。いちばん奥にある気持ちのいいところ――子宮にしっかりとあたっている。まだピストン運動もしていないのに……。

「先生のオマンコ、あったかい……」

宇佐美が涙眼で見つめてくる。

「それにすごい締まる……ぎゅうぎゅう締めつけてくる……」

これだけ長大なペニスなら、誰に入れても締まりがよく感じられるのではないか、と思ったが、もちろん彩香は黙っていた。それどころではなかった。宇佐美が動きだそうとしている……。

「くっ、くぅううううーっ！」

ずるっ、と少し抜かれただけで、彩香は喉を突きだしてのけぞった。先端が子宮にあたっているなら、カリ高のエラは横壁の肉ひだをしたたかに撫でてくる。ずんっ、と入ってくる。のけぞる暇も与えられず、ずんずんっ、ずんずんっ、と子宮を突きあげられる。

「はっ、はぁあああああーっ！　はぁあああああああーっ！」

彩香は眼を見開いて声をあげた。ほとんど叫び声だった。経験したことがない快楽の塊を、次々と投げこまれているようだった。子宮を突きあげられる衝撃が、体の芯まで響いてくる。いや、指の先から頭のてっぺんまでビリビリ痺れさせ、正気でいることを許してくれない。

「きっ、気持ちいいっ！　気持ちいいっ！　もっと突いてっ！　先生のオマンコもっと突いてっ！　オマンコ気持ちいいいいいーっ！」

自分は下品な女ではない、と彩香は思っている。美容部員という職業柄、いつだって上品かつエレガントに振る舞うことを心得ているし、それはベッドの中でも同じだった。

「オマンコいいっ！　オマンコいいっ！　オマンコ気持ちよすぎっ！」

　だから、ひいひいとあえぎながらそんなことを口走った経験は、いままでに一度もなかった。自分でも信じられなかったが、叫ばずにいられないほどの快感に揉みくちゃにされていたのだ。

「先生っ！　先生っ！」

　宇佐美が抱擁を強めた。ずんずんっ、ずんずんっ、と突きあげては、ぐりんっ、ぐりんっ、と腰をまわしてくる。

「ああっ、宇佐美くんっ！　宇佐美くんっ！」

　彩香もしがみついていく。あまりの気持ちよさに、下になっているにもかかわらず、腰を動かしてしまう。ふたりのリズムが合わさってくると、眼もくらむような一体感が訪れ、当然のように快感も倍増した。巨根に感じさせられているのではなく、ふたりで力を合わせて快感を生みだしているような……。

「ダッ、ダメッ！　もうダメッ……」

　彩香は髪を振り乱して首を振った。

「イッ、イッちゃうっ……もうイクッ……」

「イッてっ！　俺のチンポでイッて先生っ！」

「イッ、イクッ……イクイクイクイクッ……はぁあああああーっ！」

強く抱きしめてくる宇佐美の腕の中で、彩香は背中を弓なりに反り返した。ガクガクと腰が震えている。体中の肉という肉が歓喜のダンスを踊りはじめる。

「あああああっ……あああああっ……」

イキきっても宇佐美はピストン運動をやめてくれなかった。むしろ、渾身のストロークでいままでより強く突いてくる。子宮がひしゃげそうな勢いに、彩香はたまらず悲鳴をあげた。

「もうイッてるっ……イッてるからああああーっ！」

「もっとイッてっ！　もっとイッてよ先生っ！」

「ダメダメダメッ……突かないでっ！　ちょっと休ませてっ！　もうイッてるから苦しいのおおおーっ！」

泣きじゃくりながら哀願しても、宇佐美の腰の動きはとまらない。

「ああああーっ！　いやいやいやっ……イッ、イッちゃうっ！　続けてイッちゃううううーっ！」

ビクンッ、ビクンッ、と腰が跳ねあがる。ぎゅっと閉じている瞼の裏で金と銀の火花が散った。電流じみた痺れるような快感が、五体の内側を走りまわっている。意思とは関係なく、ビクビクッ、ビクビクッ、と全身が震えている。とまらない……。

彩香はもう、自分が誰かもわからなくなった。

長大なペニスで両脚の間を貫いているエンコー相手の名前も思いだせない。

ただの男と女だった。

いや、牡と牝かもしれない。

「でっ、出そうっ……もう出そうっ……」

男が顔を歪めて声を絞りだし、

「ああっ、出してっ！　ピル飲んでるから中で出してぇええーっ！」

女は切羽つまった声で中出しを求める。

「でっ、出るっ！　もう出るっ！　おおおおっ……うおおおおおおーっ！」

男が雄叫びをあげて最後の一打を打ちこんできた。女にはフィニッシュの連打の段階から三度目の絶頂の予感があった。ずんっ、と深く突きあげられ、長大なペニスがビクビクと暴れだした瞬間、予感は現実となった。

「まっ、またイクッ！　またイッちゃうっ！　イクイクイクイクッ……はっ、はぁあああああーっ！」

男の射精を受けとめながら、女もまた、オルガスムスに達した。頭の中が真っ白になり、ただ体だけが激しい歓喜の痙攣を起こしていた。男の射精は長々と続いた。ドクンッ、ドクンッ、と精液が放たれるたびに、エクスタシーの波が戻ってきた。完全にイキッぱなしになっていた。

体中を痙攣させながら、女は失神した。

男が射精を終えるまで待てなかった。

第三章　京成線の女（1）

1

京成本線は、京成上野駅から京成船橋駅を経て成田空港駅までを結んでいる。京成上野駅の次が日暮里(にっぽり)で、日暮里から五つ目の堀切菖蒲園(ほりきりしょうぶえん)駅の最寄りに、藤井紀恵(ふじいのりえ)の住んでいるマンションはある。

はっきり言って地味な電車だ。都内では飴色(あめいろ)に煤(すす)けた下町を通っている。

東京には下町がふたつある、と誰かが言っていた。江戸城の城下町に由来する下町と、本物のダウンタウン。前者は日本橋や浅草で、後者を走っているのが京成本線なのである。

日暮里の学習塾で事務職に就いている紀恵が帰りの通勤電車に乗るのは、だいたい午後七時過ぎ。人手が足りないので、今日もよく働かされた。

毎晩のことだが、日暮里のホームには疲れた顔が集っている。疲れきっていると言ってもいい。疲労困憊を少しでも緩和しようと、ホームで缶酎ハイを飲みだしている者もいる。京成本線は「疲れの塊」を東に向かって運搬している悲しい乗り物なのかもしれない。

「ふーっ……」

紀恵も疲れきっていた。

とはいえ、ひとりになると溜息ばかりついているのは、仕事が忙しいからだけではなかった。

夫の浮気が発覚したのだ。

三日前のことである。上野に届け物があったので、その日は日暮里ではなく、京成上野駅から帰路に就こうと、歩いて上野に向かった。目的地は税理士事務所なのだが、どういうわけか上野仲町通りにある。ストリップ劇場や風俗店もある飲食店街である。あまり近づきたくないところなのだが、普通の居酒屋やラーメン屋などもあるので、あまり気にしないで歩いていた。

えっ？　と思った。

前にある角から曲がってきたのが、夫の和義だったからである。思わず顔を伏せてやりすごしたのは、ひとりじゃなかったからだ。若い女と腕を組んでいる。

振り返ると、背中で長い茶髪が揺れていた。ミニスカートから伸びた白い生脚がまぶしい。

……どういうこと？

夫は上野にあるファミリーレストランで雇われ店長をしている。若い女の子がたくさんアルバイトしているらしいから、そのうちのひとりだろうか？

だが、単なるアルバイトと腕を組んで歩くだろうか？　しかも、こんな盛り場のようなところで……。

届け物は後まわしにして、あとをつけた。

腕を組んで歩いているだけではなく、会話をするときの顔が近い。いまにも頬と頬がくっつきそうだ。要するにイチャイチャしている。

上野仲町通りを抜けると、信号待ちになった。夫と若い女は京成上野方面に向かう長い横断歩道を渡ったが、駅には向かわなかった。

薄暗い路地を曲がり、ラブホテルに入っていったのである。

しばらくの間、紀恵はショックで動けなかった。

夫の和義は、ともに京成本線沿線で育った幼馴染みだった。

堀切菖蒲園の隣、お花茶屋にある小学校と中学校で一緒だった。高校からは別々だったが、和義の実家はもんじゃ焼き屋なので、地元の友達の集合場所になっていた。元クラスメイトが二、三人集まると、彼も自宅にいるときはかならず二階からおりてきて一緒に飲んだ。

結婚したのは五年前、お互いに三十歳のときだった。きっかけは結婚を意識していた恋人にふられてしまった紀恵を、和義が慰めてくれたことだ。紀恵の愚痴めいた話を夜通し黙って聞いてくれ、最後に「じゃあ俺と結婚すれば」とニコニコ笑いながら言ってくれた。

その軽い調子がいかにも幼馴染みっぽくて、紀恵は泣きながら笑った。大恋愛ではなかったが、和義は友達思いの真面目な男だった。友達を大事にできる男は、妻のことも大事にしてくれるに違いないと思ったし、実際その通りだった。結婚五年目になるが、セックスレスにだってなっていない。

それなのに……。

しかも、浮気相手はミニスカートの若い女。顔は見えなかったが、茶色い髪が異様に長かった。二十歳くらいのギャルではないか？　ギャル……あの和義がギャルと浮気？

和義は決して男前なタイプではなく、三十五歳なのに四十歳くらいに見えるただのおじさんだ。独身時代も、モテるかモテないかで言えば、はっきりとモテないほうに分類されていたはずである。

一方の紀恵はかなりモテるほうだった。美人なわけではない。童顔にパンダのような垂れ目で、おっとりしている。スタイルだってそれほどよくない。グラマーと言えば聞こえはいいが、昔から小太りの一歩手前という感じだった。

しかし、どういうわけか男ウケはいい。高校時代がいちばんモテて、月に一度は告白されていた。大学時代と社会人になってからは長く続いた恋人がいるので、告白されても困るだけだったが、高校時代はけっこう嬉しかった。

「ふーっ」

まったく、溜息がとまらない。

夫が浮気をしている——問題はこれからどうするかだった。

まずは話しあいだろうか?

その前に浮気の証拠を集めるのが先か? とぼけられたら話しあいにならないからだ。夫の持ち物をチェックしたり、行動を見張ったり、いっそのこと探偵に依頼するとか……。

いずれにせよ、その先に待っているのは離婚だろう。

見た感じ、一度限りのあやまちというわけではなさそうだった。夫はあの若い女と継続的に付き合っている。そんな男と一緒に暮らしつづけ、セックスまで付き合わされるのは、女にとって屈辱(くつじょく)以外のなにものでもない。あの若い女と抱き心地を比べられていると思うだけで、全身に鳥肌がたつ。

幸いなことに子供はいなかった。夫も紀恵も望まなかったからだ。自宅だって賃貸(ちんたい)だし、事情を話せばどちらの両親も紀恵の味方をしてくれるに決まっている。

離婚へのハードルは高くない。

しかし……。

本当にそれでいいのだろうか？

バツイチになってしまって後悔はしないのか？

2

ひとりではとても受けとめきれず、かといって地元の友達にできる話でもないので、紀恵は高校時代からの親友にＬＩＮＥを入れた。

——相談したいことがあるんだけど、近々お酒でもどう？

レスは早かった。

——いいわよ。久しぶりにご主人の実家のもんじゃ焼きが食べたいな。

——わたしが池袋まで出る！

——用事でもあるわけ？

——なんなら桜台まで行ってもいい。個室居酒屋みたいなの、近所にない？

——個室居酒屋……あったかなあ？

やりとりの結果、日曜日のお昼に仁美の自宅を訪ねることになった。仁美の夫は出張で家にいないらしい。紀恵の夫も仕事のシフトに入っていた。そう言っておいて若い女とよろしくやっているのかもしれないが……。

西武デパートでフルボディの赤ワインとナチュラルチーズを買って、西武池袋線に乗りこんだ。仁美の住む桜台は、各駅停車で池袋から四つ目だ。

仁美はこの電車があまり好きではないとよく言っていた。そのわりにはずっと住んでいるのだが、離れがたい理由はよくわかる。利便性も住み心地も住民の民度も、なにもかもちょうどいい感じがするのだ。特別におしゃれやリッチではなくても、陽当たりがよくてポカポカしている雰囲気。

一方の京成線沿線は……。

陽当たりが悪くて北風がびゅうびゅう吹いている感じ?

卑屈になりそうなので考えるのをやめた。紀恵は紀恵なりに、京成線沿線を愛しているからだ。友達がいっぱいいるし、地元の結束が強いし、おいしい焼肉屋さんだってたくさんある。

「やっほー、久しぶり!」

玄関を開けて迎えてくれた仁美は、やけに機嫌がよさそうだった。珍しいこともあるものだ。顔立ちは可愛いのに、いつも不機嫌そうに見えるのが彼女なのだ。実際は不機嫌でもなんでもないらしいが、まわりにはそう見える。

「お邪魔します。これおみやげ」

西武の紙袋に入ったワインとチーズを渡す。

「昼間から飲む気満々ね」

「飲まなきゃ話せないような話があるのよ」

「珍しいね。紀恵ってあんまり悩まないタイプじゃない？」

「そうね」

楽天家である自覚はあるが、さすがに今度ばかりは……。

「それじゃあまあ、真っ昼間から酒盛りしましょう」

仁美がワイングラスを出してくれ、乾杯した。もちろん、紀恵はにこやかに乾杯などする気分ではなかったが、乾杯しなければお酒が飲めない。

紀恵は仁美に感謝していた。

思いがけず合格してしまった千代田区にある名門高校で、葛飾区出身の紀恵はひとり垢抜けずに浮いていた。しかし、どういうわけかスクールカーストトップの仁美に気に入られ、彼女のアドバイスでどんどん垢抜けていった。

化粧の仕方でも、私服の着こなしでも、なにをするにも彼女が手本だった。仁美と知りあったことで、人生が急に明るくなった気がする。だから紀恵は、仁美のことを友達以上の恩人と思っている。

「それで、なんなの話って？」

ワイングラスを傾けながら、仁美が訊ねてきた。

「ダンナが浮気した」

仁美は笑顔を引っこめた。

「素性はわからないけど、相手は若い子。背中まである茶髪で、ミニスカートから生脚出して歩いている……」

「紀恵のご主人、ファミレスの店長よね？　そこのアルバイトかしら」

「たぶんそうだろうけど、どうしたらいいと思う？」

「どうしたらって言われても……」

仁美は渋い顔で首をかしげるばかりだ。

「地元の友達をのぞくと、わたしの友達の中でいちばん頼りになるのが仁美なのよ。考え方がしっかりしてる正義の人っていうか」

「正義の人？」

視線と視線がぶつかった。一瞬の間ののち、眼を見合わせて笑った。

紀恵は女子高生時代、援助交際をするグループにいた。リーダーは仁美だ。彼女がしっかりしているから、一緒に食事をしたりカラオケを歌うだけで何万円ものお小遣いをせしめることができた。

体だけは絶対売るのをやめよう。キスもダメ――それが当時の、仁美の口癖だった。彼女によれば、エンコーにもいいエンコーと悪いエンコーがあり、体まで売ってしまったら悪いエンコーになるらしい。その主張を頑（かたく）なに守っていたから、紀恵にとっては正義の人なのである。

一方の紀恵は悪い子だった。

仁美には内緒で、こっそり体も売っていた。食事会なりカラオケなりで仲よくなった大人の男から連絡がきて、誘いに応じてしまったことが十回くらいある。お金のためではない。リーダーがしっかりしていたので、体なんか売らなくても充分にお財布は厚かった。

セックスがしたかったのだ。中学時代にいた彼氏とは、卒業前に別れてしまっていた。高校生になったら新しい彼をつくろうとはりきっていたのだが、当時の仁美は恋愛そのものにあまり興味がないようで、セックスがしたいから彼氏が欲しいなどと言ったら、一秒で絶縁されそうだった。

仁美はスクールカーストのトップだった。もうひとりのエンコー仲間、超絶美人の彩香とふたりでいると、男子でも気楽に声をかけられないくらい強烈なオーラを放ち、クラス中の生徒が気を遣っていた。

そういう人間を敵にまわしてしまうと、学校での居心地がすこぶる悪くなる。仁美に絶縁されることを想像しただけで、気が遠くなりそうになった。仁美に嫌われたくないという理由で、紀恵は高校の三年間、ずっと彼氏ナシだった。お金を貰ってセックスはしていたが……。

「あんたはどうしたいのよ？」

仁美が訊ねてきた。

「まず離婚したいのか、そうじゃないのか。それから、ダンナにどうやって詫びを入れさせるか。最後に相手の女に慰謝料(いしゃりょう)を要求する裁判を起こすか」

「それがわかんないから今日ここに来たんじゃない」

紀恵は垂れ目の眼尻をますます垂らした。

「離婚してもいいのよ、はっきり言って。子供もいないし、持ち家でもないし。でも、ダンナとは地元が一緒だから、別れたら居心地悪くなりそうで……とにかくさ、共通の友達がいっぱいいるわけ。みんなに気を遣わせるのも悪いし、こっちが気を遣うのも、ねえ」

「離婚しない、って道もあるんだ？」

「うーん、あるかな……ないかな……」

「ダンナが誠心誠意謝ったら、現状維持を考えてもいいとか？」

「どうだろう……困るなあ……」

「わたしの意見、言ってもいいかな？」

「それを聞きにきた」

紀恵は背筋を伸ばし、まっすぐに仁美を見た。

「教えて、仁美の意見」

仁美はうなずくと、

「わたしが思うに、ダンナがどれだけ一生懸命謝っても、結局のところ、浮気したのは許せないと思う。しこりが残るってよく言うけど、しこりどころか痣とか傷が心に残ったままじゃないかな、死ぬまで」

「……だよね」

紀恵はがっくりと肩を落とし、深い溜息をついた。わかっていたことだった。浮気が発覚したその日から、夫の顔を見るたびに、この男は外で若い女を抱いている、と思ってしまう。抱き比べられていると思うと、怒りや悲嘆や嫌悪感や、様々な感情が胸の中でぶつかりあい、息をするのも苦しくなる。

「でもね」

仁美が声音をあらためて言った。

「許せる方法がひとつだけあると思うのよ」

「なに？」

紀恵は身を乗りだした。眼と眼が合った。こういうとき、仁美はとても意地悪になる。なかなか答えを言わないクイズ番組の司会者のように、たっぷりと間をとってもったいぶる。

「もう！　焦らさないで早く教えてよ！　わたしの人生、右に行くか左に行くか運命の分かれ道なのよ！」

紀恵が涙眼になって訴えると、仁美はようやく口を開いた。

「あんたも浮気すればいいじゃない」

「えっ……」

紀恵はパンダのような垂れ眼を真ん丸に見開いた。

3

翌週の日曜日、紀恵は京成船橋駅近くの交番前にいた。

船橋では待ち合わせ場所の定番らしい。紀恵は普段、千葉まで来ることはほとんどない。だからわざわざやってきた。誰に見られるかわからない生活圏内やメジャーな街では、悪いことはしないほうがいい。

それにしても交番前って……。

いくら定番の待ち合わせ場所でも、これからすることを考えるとあまりいいチヨイスとは言えないのではないだろうか？

先週――。

西武池袋線の桜台にある仁美の家に行き、夫の浮気について相談した。仁美は言った。あんたも浮気すればいいじゃない――衝撃的だった。その手があったかと膝を叩きたくなった。

「実はね、わたしいま、昔に戻ってるのよ」

「昔って？」

「女子高生時代。うちらエンコーやってたじゃん」

「うん……」

紀恵はうなずいた。裏切っていた後ろめたさをそっと隠して。

「いまもやってるのよ。今度は悪いほうのエンコー」

紀恵は驚愕に口を押さえてしまった。衝撃の二乗である。

「かっ、体を売ってるの？」

「そう。相手は若者限定。おじさんには売らない」

「どうして？」

「若い子とするの気持ちいいから」

「本当？」

　紀恵には若い男とのセックスが気持ちがいいとは思えなかった。

「わたしも最初は若い子なんてどうせ下手だと思ってたのよ。でもいまはみんなネットで勉強してるし、なによりスタミナとか、勃ち方の勢いが違うのよ。それにあの子たちは、うちらが失ったものをもってるわけ。若さっていう……若い子に抱かれると、自分まで若返っていく気がして、もう最高なの」

　仁美は蕩けるような笑顔を浮かべ、うっとりと眼を細めた。彼女のそんな顔を見たのは初めてだと、紀恵は小さく驚いた。純白のウエディングドレスを着ていたときでさえ、ここまでの笑顔は見せなかった。

　最初は驚くばかりでひどく混乱していた紀恵だったが、時間が経つにつれ、仁美なら熟女エンコーの元締めをやっていてもおかしくない、と思いはじめた。女子高生時代から優秀なアテンダーだったわけだし、結婚して子供まで授かったいまとなれば、セックスをもったいぶる必要もない。

詳しく訊ねることはしなかったが、きっと仁美にも、夫になにか不満があるのだろう。セックスレスとか、貯金を勝手に使われたとか、あるいは浮気とか……それでも家庭を維持したいから、浮気に走るしかないと考えた。エンコーならばお金にもなるし、あくまで浮気にとどまれる。普通に婚外恋愛をしてしまったら、家庭が壊れてしまうかもしれない。

「わたしも……やってみようかな……」

紀恵はボソッと言った。赤ワインの心地いい酔いが、夫以外の男に抱かれる場面を想起させた。興奮しそうだった。

自分を裏切った夫を、こちらもこっそり裏切ってやるのは痛快そうだし、紀恵はもともと性欲が強いほうだった。

夫が浮気さえしなければそんなことは考えなかっただろうが、向こうが浮気をしたのなら、こちらにもする権利がある。そう思った瞬間、目の前の景色が急に拓けたような解放感が訪れた。

仁美はその場でスマホを操作し、夕方までにふたりの候補と話をまとめた。紀恵の画像を送り、向こうの画像も送ってもらった。ひとりは体育会系で、もうひとりが理系という感じだった。

「すごいのね、こんなに早く決まっちゃうなんて」

「熟女好きな若い男って、けっこう多いのよ。こっちはわたしを含めて五人くらいしかいないから、いつでも順番待ち」

「へええ……」

「あと、相手は若い子だから、料金はお安くしてあげてる」

「いくら？」

仁美はピースサインを紀恵に向けた。

「昔は一緒にごはん食べるだけで同じ額が貰えたのにね」

紀恵が苦笑すると、仁美も笑った。

「まあ、うちらにはもう、女子高生ってバリューがないから、お金は二の次って考えてる。お金目的でやってる人もいるけど……」

「知ってる人？」

「彩香」

「あの子もやってるんだーっ！」

　声が大きくなってしまったので、紀恵はあわてて口を押さえた。

「なんかお金に困ってるみたいだったから、やってみる？　って誘ってみたの」

「やだなあー。あんなスーパー美人と一緒のラインナップじゃ、わたし、はずれクジみたいじゃない」

「そんなことないよー。昔だって、紀恵のほうがモテてたじゃない。彩香は綺麗すぎて怖いもん」

「……たしかに」

　眼を見合わせて笑う。

「それでさ、彩香がおっかしいのは、『お金がない、お金がない』って、週に三回も四回もやりたがるわけ。絶対嘘だって、もうバレバレ。若い子に抱かれるのが気持ちよくって、ド嵌（は）まりしてるのよ」

「へええ……」

「あの子、性欲ないアピールすごいでしょ。セックスレスでも全然平気とか……そういう子ほど嵌まるのよねえ。わたしもそうだったもん。みんなどうしてあれに夢中になってるのか、ようやくわかった」

「ふーん……」

紀恵は不思議な気分だった。仁美とここまで赤裸々にセックスについて語ったのは初めてだった。エンコーはしても体は売らない正義の人は、大人になっても慎み深く、下半身まわりの話題になるとあまりいい顔をしなかったからだ。

それがこんなににこやかな顔で……。

紀恵もエンコーに期待してみることにした。若い子のベッドテクについては懐疑的だが、どうやら世の中には人を変えてしまうほど衝撃的なセックスがあるらしい。あるのなら、それにあたってみたい。新しい自分に出会いたい。

もっとも……。

若い男とのセックスに期待しすぎて頭がぼうっとしていたから、当日にあんなトラブルを引き起こしてしまったのかもしれないが……。

京成船橋駅近くの交番前に、待ち人が現れた。

滝本幹也、二十歳の大学生。アメリカンフットボール部に所属しているらしく、がっちりした体格で、髪の毛サラサラなハンサムくんだ。

「どうも滝本幹也です」

挨拶し、笑うと歯が白く光った。

こんなにモテそうな子が、お金を払ってまで三十五歳の人妻とセックスしたがるなんて――紀恵は内心で首をかしげながら「こんにちは」と微笑んだ。

ここまではよかった。

緊張はしていたが、あとはラブホテルに行ってやるべきことをやればいいだけ、というところで、

「すいません、紀恵さんですよね？」

若い男に声をかけられた。

知っている男だった。

中島省吾、二十歳。理系の大学に籍を置きながらコンピュータ関係の専門学校にも通っていて、将来はゲームクリエイターを目指しているという。分厚いメガネをかけ、ひょろっとした体形で、幹也とは正反対である。

知っている男だったが、顔を合わせるのは初めてだった。省吾も仁美に紹介されたエンコー相手なのだ。

幹也が眉をひそめて省吾を睨んでいるので、紀恵はあわてて省吾に言った。

「ごめんなさい、あなたとは来週の日曜日って約束だったたんじゃない？」

「はっ？」

省吾はスマホを出してＬＩＮＥを確認すると、画面をこちらに向けてきた。

「今日ってなってますけど……」

「ホントだ……」

紀恵のミスだった。幹也と省吾、どちらにも同じ日時に同じ場所で、待ち合わせの連絡をしてしまったのだ。

事情を察したのだろう、幹也と省吾が揉めはじめた。

「おまえ、帰れよ」

幹也が凄むと、

「なに言ってんだ。おまえこそ帰れ」

ひょろい体をしているくせに、省吾は一歩も引かずに言い返した。

「紀恵さんは、今日は俺と会う予定だったんだ」

「こっちにも今日ってＬＩＮＥが来てるんだから、俺にも正当な権利があるはずだ」

「ぶちのめされたいか？」

「やってみろよ。俺は喧嘩は弱いが、執念深いからな。殴ったことを一生後悔させてやる」

紀恵は困ってしまった。どちらかを帰らせれば角が立つだろうし、紹介者の仁美にも迷惑をかけるかもしれない。なんとか丸く収めるには……。

「ねえねえ、こうしない？」

幹也と省吾が口論をやめて紀恵を見た。

「三人でするのって、どうかな？」

上眼遣いに小声でささやく。自分でもいったいなにを言っているのだろうと思った。複数プレイなんてしたこともないのに……。

「わたしのせいであなたたちが喧嘩するの嫌だし、仲よくしてほしいの。いいでしょ、仲よく3P。悪いのわたしだから、今日はお金いらない」

紀恵の胸中では、様々な思いが交錯していた。

本気で3Pがしたいわけではなかった。そんなことを言いだせば、若い男のどちらか、もしくは両方が逃げだしてくれるのではないかと思ったのだ。

しかし、その思惑（おもわく）は完全にはずれた。幹也も省吾も紀恵の大胆な提案に驚愕しつつも、その場から一歩も動かなかった。歯噛みしている表情から、意地を張っているのはあきらかだった。先に踵（きびす）を返してしまえば、残った男と紀恵をふたりきりにしてしまう——それはできない、と。

「本当にするの？　３Ｐ……」

上眼遣いでふたりを交互に眺めながら、紀恵の心臓はすさまじい勢いで早鐘（はやがね）を打っていた。

するならするでかまわない、と腹を括（くく）るしかないようだった。

というのも、それはそれで夫に対する復讐になる気がしたからだ。浮気発覚からすでに二週間ほどが経過していた。その間、紀恵は猜疑心（さいぎしん）いっぱいの眼を夫に向けつづけた。

その気になって観察してみると、浮気の兆候は至る所にあったのだ。デートに使ったとしか思えないカフェやレストランのレシートがゴミ箱に捨てられていたし、洗面所にはいつもよりワンランク上の整髪料があった。このところやたらと夜のシフトが多いし、そのわりには朝も早く起きている。夜はファミレスに勤務しているのではなく、若い女と過ごしている可能性が極めて高い。

ならば……。

こちらはもっと大胆なことをしてやらなければ気がすまなかった。性格はおっとりしていても、そういうところは妙に負けず嫌いなのが紀恵という女だった。向こうが若い女とラブラブしているなら、こちらは若い男ふたりと3Pだ。

4

普通のラブホテルには三人では入れないはずだ、と幹也が言ったので、紀恵はスマホでそれが可能なところを探した。船橋にはラブホテルがたくさんあるので、あんがい簡単に見つかった。歩いていけるところにあった。

広い部屋に広いソファ、カラオケなどもあるパーティルームのようなところを想像していたが、料金が高いだけでごく月並みな部屋だった。

それでも、ラブホテルに来ること自体がひどく久しぶりだったので、窓がなく、昼でも暗い室内に入ると、紀恵の緊張は最高潮に達した。しかも、好きな男とふたりきりではなく、初対面の若い男たちと三人……。

いままでの人生にはあり得なかった異常なシチュエーションである。

「……どうやってやるんですか？」

幹也がボソッと言い、

「……ふたりがかり、ですかね？」

省吾も困惑しきりである。

「一対一でするのを、余った片方が見てる、というAVがあったけど……」

「それだとどっちが先かでまた揉める」

「……だな」

幹也と省吾の間にあった険悪なムードは、もう消えていた。対照的に見えるキャラクターでも、ふたりとも馬鹿ではなかった。ここは力を合わせる場面だと理解してくれたらしい。男同士だからかもしれない。女がふたりの3Pであれば、女たちは最後までいがみあったり、見栄を張りあったりしている気がする。

それはともかく。

ここは紀恵がリードすべき場面だった。彼らは様々な不満をぐっとこらえて、喧嘩をやめてくれた。男を見せてくれた、と言ってもいい。ならば今度は、こちらが女を見せる番だ。

「ひとりずつ順番に、はやめましょう」

両手を首の後ろにまわし、ワンピースのホックをはずした。

「ふたり一緒に相手してあげる。やったことないから自信ないけど、それでいい?」

背中のファスナーをちりちりとおろし、ワンピースを落とした。燃えるようなワインレッドのブラジャーとショーツを露わにすると、幹也と省吾はごくりと生唾を呑みこんだ。

「あななたちも脱ぎなさいよ」

歌うように言い、ストッキングをくるくると丸めて脚から抜く。

幹也と省吾は競うようにして服を脱ぎはじめた。しかし、さすがにブリーフまでは脱ぎ捨てられず、戸惑った顔で立ちすくんでいるので、

「全部脱いで」

紀恵は甘くささやいた。自分の声がいやらしくなっているのを感じた。鏡を見なくても、表情までいやらしくなっていることを確信する。下着姿を見せたことで、スイッチが入ってしまったのだ。

幹也と省吾は、まるで呼吸を合わせるかのようにして、同時にブリーフを脱ぎ捨てた。ふたりとも勃起していた。全裸になっても分厚いメガネをかけている省吾はちょっと滑稽だったが、かまっていられなかった。

紀恵は息を呑んでいた。さすが二十歳、と胸底で感嘆の溜息をもらす。

ペニスの反り返り方が尋常ではなかった。二本揃って天井を向き、裏側を全部見せている。サイズは同じくらい――よかった、と安堵する。どちらかが極端に大きかったり小さかったりしたら、険悪(けんあく)なムードになるかもしれないと心配していたのだ。

「ふたりとも逞しいね」

甘くささやきながら、紀恵は近づいていった。並んでペニスを勃起させているふたりの間に立ち、左右の手で包んだ。軽くしごいてやると、ふたりの表情は変わった。息をとめて、すがるようにこちらを見てくる。

すりすりっ、すりすりっ、としごきたてると、ふたりとも身をよじった。ずいぶんと敏感な反応だった。可愛いな、と思いながらさらにしごくと、

「おおおっ……」

省吾が声をもらした。隣で幹也が眼を丸くしている。男のくせに声なんか出してドン引きだぜ、と彼の顔には書いてあった。省吾も気まずそうだ。失敗した、という心の声が聞こえてきそうである。

紀恵は省吾にキスをした。唇と唇をチュッと……。

「気持ちよかったら、声出していいのよ」

もう一度キスをしてから、幹也を見る。まだキスをしてやらない。すりすりっ、すりすりっ、と勃起しきったペニスだけをしごきたてる。

「きっ、気持ちいいですっ……」

幹也が絞りだすように言う。

「きっ、気持ちいいから、そのっ……」

自分にもキスをしろと言いたいらしい。

紀恵は幹也のペニスだけ、強くしごきはじめた。キスはまだおあずけだ。

「気持ちがいいなら、声を出しなさい」

「ううう っ……」

幹也は真っ赤な顔で身悶える。紀恵がフルピッチでペニスをしごきはじめると、背筋を伸びあがらせ、首にくっきりと筋を浮かべた。

「ううっ……おおおっ……おおおおっ……」

泣きそうな顔で声をもらしたので、しごくピッチを元に戻し、ハアハアと息をはずませている唇にキスを与えてやる。

いったん、二本のペニスから手を離した。両手を背中にまわし、ブラジャーのホックをはずす。ワインレッドのカップをめくると、ふたりの男たちが息をとめたのがはっきりとわかった。

紀恵は巨乳なのである。服を着ていてもそうだとわかるが、男の前で裸になって感嘆されなかったことはない。小太りの一歩手前でも、乳房の隆起はくっきりしている。プリンスメロンがふたつついているように、丸みが強い。全体のサイズに比例して乳暈は大きめだが、色は淡い桜色だ。

「触っても……いいよ」

ウィスパーボイスでささやくと、若い男たちは我先にとふたつの胸のふくらみにむしゃぶりついてきた。幹也が鼻息を荒げながら乳肉に指を食いこませ、乳首に吸いついてくる。一方の省吾は乳肉の柔らかさを確認するように、裾野をやわやわと揉みしだく。体育会系と理系、見た目も対照的だが、愛撫の仕方もそれぞれだ。

「あああっ……」

幹也が乳首を強く吸ったので、紀恵は声をもらした。しかし、本当に感じているのは省吾のほうだ。人差し指に唾液をまとわせ、それでねちねちと乳首をいじってくる。力加減は微弱で繊細だが、刺激的だった。彼のほうが愛撫は上手い。

「ねっ、ねえ……」

紀恵の声はすっかり艶っぽくなっていた。

「下はあなたたちが脱がせて……」

またもや競うようにしてふたりがショーツに手を伸ばしてきたので、

「ダメ！」

紀恵はふたりの手を払った。

「女の下着は、手を使って脱がしちゃいけないの」

意味がわからない、という顔で、幹也と省吾が眼を見合わせる。

「口で脱がして……できるよね？」

なるほど、とばかりに、若い男たちはコクコクとうなずいた。続いて紀恵の足元にしゃがみこむ。荒ぶる鼻息をデュエットしながら、ショーツの両サイドに嚙みついてくる。女の秘部を隠す薄布がずりさげられていく。

優美な小判形をした黒い草むらが、若牡たちの眼と鼻の先で揺れた。紀恵はすでに濡れているようだった。幹也と省吾が鼻を鳴らして匂いを嗅いでいる。花から蜜を漏らし、発情のフェロモンを漂わせているということだ。

「立って」

ショーツを脱がされると、紀恵はふたりの腕を取って立ちあがらせた。

「これからベッドに行くけど、どっちがいいかしら？」

ふたりを交互に眺めてからささやいた。

「舐めるほうと、舐められるほう」

「舐めるほう！」

「舐められるほう!」

幹也と省吾は、間髪容れずに答えを言った。紀恵の予想通り、幹也がフェラを、省吾はクンニをご所望だ。

「じゃあ、行きましょう」

紀恵はふたりの手を取り、ベッドに向かった。女をふたりはべらせていれば両手に花だが、こういう状況をなんと呼んだらいいのだろう。

両手にペニス——ふたりの股間で反り返っているものを見てそんな言葉を思いたち、紀恵はひとりクスッと笑った。

5

「膝立ちになって」

ベッドにあがると、紀恵はまず、幹也に指示を出した。膝立ちになった幹也の前で四つん這いになり、

「あなたは後ろね」

省吾にも指示を出した。省吾はうなずき、紀恵の後ろにまわりこんできた。四つん這いで尻を突きだしているほうに……。

わたし、興奮してるな……。

内腿に蜜が垂れていくのを感じながら、紀恵は幹也のペニスに指をからめた。チラリと上眼遣いで一瞥してから、舌を大きく伸ばしていく。

「……ぅんあっ！」

肉棒の裏側をツツーッと舐めあげていくと、青くさい匂いがした。若いんだな、と思った。嫌いな匂いではなかった。

「ぅんんっ……ああっ……」

大きく伸ばした舌をひらひらと上下に動かしながら、亀頭を舐めはじめる。紀恵は人より舌が長い。

「むっ……むむっ……」

幹也はまた、声をこらえている。若者らしく自意識過剰なのか、男が声を出すのは恥ずかしいという固定観念に囚われているのか……。

いずれにしろ、いつまでもこらえさせるつもりはなかった。十五も年下の男をフェラテクで翻弄(ほんろう)できなかったら、年を重ねた意味がない。

ところが。

「ぅんんっ！」

紀恵は幹也より先に、鼻奥から悶え声をもらしてしまった。省吾が尻の桃割れをぐいっとひろげたからだ。三十五年間生きてきたからといって、性器ばかりかお尻の穴まで剝きだしにされ、恥ずかしくないわけがない。

しかも、生温かい鼻息がお尻の穴にかかっている。そこに顔があるということは、まじまじと見られているということだ。もちろん、匂いも嗅がれている。顔が熱くなってくる。

「ぅんんんーっ！」

ヌメヌメした舌が肉の合わせ目を這いはじめると、口の外で舌を踊らせていられなくなった。亀頭をぱっくりと頰張り、口の中で舌を動かす。自分でも驚くくらい大量の唾液を分泌していた。興奮している証左である。

「ぅんんんーっ！　ぅんんんんーっ！」

亀頭をしゃぶりまわしながら、紀恵は鼻奥で悶えつづけた。若いくせに、省吾はクンニが上手かった。いきなりベロベロ舐めまわすようなことはせず、触るか触らないかぎりぎりの刺激で、花びらの縁をなぞってくる。そうしつつ尻丘を揉みしだいたり、爪を使ったフェザータッチでくすぐってきたり、芸が細かい。

「おおおおっ……」

野太い声をもらしたのは、幹也だった。紀恵が口腔愛撫のギアを一段あげたのだ。口内で舌を使うだけではなく、唇をスライドさせはじめた。その際、口腔粘膜をペニスに密着させないのが紀恵のやり方だった。口内粘膜とペニスの間に唾液を横溢させ、唾液ごとペニスを吸いたてるのだ。

女子高生時代、エンコーの相手に教わったやり方である。じゅるっ、じゅるるっ、と卑猥な音をたてて吸いたてれば、お互いに淫らな気分になる。当時はそんなものかと思っていたが、その後の恋愛ではずいぶんと役に立ってくれた。このフェラテクのおかげで、セフレから恋人へと昇格したこともあるくらいだ。

「おおおおっ……おおおおっ……」

幹也は激しく身をよじっている。見上げれば、顔を真っ赤にして首にくっきりと筋を浮かべ、小刻みに震えている。

このまま射精に導けると判断した紀恵は、肉棒の根元をしごきはじめた。唇のスライドとは別のリズムで、スピーディに……。

だがそのとき、異変が起こった。

四つん這いになっている両脚の間に、省吾があお向けになった顔をもぐりこませてきたのだ。バックからではクリトリスを舐めづらいと思ったのだろうか？それはすぐに確信に変わった。若い男の舌先は、まわり道せずに剝き身のクリトリスを舐めはじめた。

「ぅんぐっ！　ぅんぐうううーっ！」

チロチロ、チロチロ、と素早く動く舌先で敏感な肉芽を舐め転がされ、紀恵は眼を白黒させた。やはり、舐め方が上手かった。あっという間に翻弄され、身をよじらずにいられなくなった。

「ぅんぐうーっ！　ぅんぐうううーっ！」

クリトリスが硬くなっていくのがはっきりわかった。硬く尖って疼きだし、火を噴きそうなほど熱くなっている。

このままではイッてしまう……。

紀恵は口唇にペニスを咥（くわ）えたまま身構えた。

すさまじくエッチな気分でふたりの男を相手にしているわけだから、もちろんイキたかった。だがそれは、いまじゃない。こちらは三十五歳、熟女で人妻なのだ。学生風情のクンニでイッてしまうのは、年長者として情けないではないか。

「おおおおっ……おおおおっ……」

幹也の野太い声がいよいよ切羽つまってきた。

まずこちらを片づけてしまおうと、紀恵は肉棒の根元を素早くしごきたてた。力加減もマックスだ。そうしつつ、じゅるっ、じゅるるっ、と先端を吸いしゃぶってやれば、若い男も放出を我慢できないだろう。トドメとばかりに、カリのくびれに唇の裏側をぴったりと密着させ、頭を振ってこすりたてた。さらに尖らせた舌先で、鈴口や裏筋をチロチロと刺激してやる。ここまですれば泥酔状態の中年男だって、男の精を爆発させる。

「おおおっ……ダッ、ダメッ……ダメですっ……もうダメえええええーっ！　ああああああーっ！」

幹也が女のような悲鳴をあげ、紀恵の口内でドクンッとペニスが震えた。ドクンッ、ドクンッ、と衝撃はたたみかけられ、口内に熱い粘液が注ぎこまれてくる。

紀恵はそれでもしつこく根元をしごきつづけた。幹也が泣きそうな顔で、

「もういいっ！　もういいですっ！」

と叫ぶまで、鈴口を吸いつづけた。

口の中が生ぐさい匂いでいっぱいだった。ティッシュを探すのが面倒くさく、紀恵はすべて嚥下した。幹也がそれを見て眼を潤ませた。紀恵は悪戯っぽく微笑みかけ、キミはしばらく休憩ね、と眼顔で伝えた。

省吾はあお向けになって、紀恵の両脚の間に頭を突っこんでいた。四つん這いで上になっている紀恵は、そのまま後退っていった。

自分でも驚くほどスムーズに、騎乗位の体勢に移行できた。

「わたし……」

紀恵は親指の爪を嚙みながら省吾を見下ろした。まだ分厚いメガネをかけたままで、レンズが半分曇っていた。

「もう欲しくなっちゃったから、入れていいよね？」

省吾がうなずく。

メガネのレンズが曇っているのは、紀恵の花が振りまいていた熱気のせいに違いない。そう思うと、紀恵の顔は熱くなったが、欲望はとめられない。

遠慮がちに腰をもちあげ、ペニスに手を添えて切っ先を濡れた花園にあてがった。省吾のペニスはズキズキと熱い脈動を刻んでいた。

「いくよ……」

息をとめ、ゆっくりと腰を落としていく。ずぶっ、と亀頭が中に入ってきた瞬間、声が出そうになった。なんとか我慢してずぶずぶと呑みこんでいく。

最後まで腰を落とすと、紀恵はきゅうっと眉根を寄せた。全身が小刻みに震えていた。経験したことがないシチュエーションに興奮しきって、本当に欲しくて欲しくてしようがなかったのだ。

わたしって、いやらしい……。

胸底で思いを噛みしめながら、腰を動かしはじめる。肉と肉とを馴染ませる必要がないほど、大量の蜜を分泌しているようだ。びしょ濡れの肉穴の中で、肉棒がよくすべる。

「ああっ……」

とめていた息ごと、声をもらした。あえぎ声、解禁だ。性に飢えている女だと思われたくはないが、反応の薄いマグロだとも思われたくない。

「ああっ、いいっ！　気持ちいいっ！」

ぐいぐいと腰を振りたてると、ふたつの胸のふくらみが揺れはずんだ。プリンスメロン級の巨乳だった。その迫力に圧倒されているのか、省吾は呆然と見上げているばかり……。

紀恵は省吾の両手を取ると、自分の胸に導いた。省吾がおずおずと揉んでくる。女に気を遣った繊細な愛撫も悪くはないが、こういうときはもっと欲望を剝きだしにして、荒々しく揉んでほしい。省吾の手の上に手を乗せて、愛撫を指導してやる。

「あうううーっ！」

乳首をひねりあげられると、紀恵は喉を突きだしてのけぞった。省吾は頭のいい若者のようだった。すぐにこちらの気持ちを察してくれた。乳首への刺激は痛いくらいだったが、それがたまらなく気持ちいい。

「えっ……」

巨乳を揉みくちゃにすることで興奮したのか、省吾が上体を起こした。乳首を吸いたいのかと思ったら、そうではなかった。正常位に体位変更だ……。

いや。

あお向けに倒された紀恵は、両脚を揃えられ、それを片側に倒された。さらに体を反転させられる。あお向けからうつ伏せに……一瞬なにをされたのかわからなかった。省吾は結合状態を保ったまま、バックスタイルに体位を変えたのだ。

「はっ、はぁあうううううーっ！」

パンパンッ、パンパンッ、と尻を鳴らして連打を打ちこまれると、紀恵はひときわ甲高い悲鳴を放たなければならなかった。体位を変えたことで、結合感が深まった。ペニスの先端が、奥のいいところにあたっている。

「ああっ、いいっ！　いいいいいーっ！」

紀恵は髪を振り乱してあえぎにあえいだ。幹也が興奮に眼を血走らせてこちらを見ていた。人前でセックスし、あまつさえ我を失いそうなほど乱れてしまうなんて恥ずかしくてしようがなかったが、かまっていられなかった。

「あっ、あたってるっ……いちばん奥まで届いてるううううーっ！」

絶叫する紀恵を、省吾がさらに突きあげる。さすが二十歳。ひょろい見た目をしているのに、ピストン運動はパワフルだ。バックスタイルでこれほど激しく突きあげられた経験が、紀恵にはなかった。

追いつめられてしまう。

早々にイッてしまうのは格好悪いと思っていたが、我慢できそうもない。

「ああぁっ、いやっ！　いやいやいやいやっ……イッ、イッちゃうっ……そんなにしたら、わたしイッちゃううううーっ！」

紀恵は両手でシーツを握りしめ、激しく首を振りたてた。

「イッ、イクッ！　イクウウウウウウーッ！」

ビクンッ、ビクンッ、と腰が跳ねあがった。省吾がそこを両手でつかんでいなければ、結合がとけてしまいそうな勢いだった。ピストン運動は続いている。紀恵がイキきっているのに、やめるつもりはないらしい。

だが、二度目の絶頂を目指して身構えていると、唐突にペニスが抜かれた。省吾が前にまわりこんできて、口唇に肉棒を咥えさせられた。

射精が近かったのだ。

マナーを心得ている子ね……。

紀恵はまぶしげに眼を細めながら、肉棒の根元を指でしごき、先端を口唇で吸いたてた。生理が近いから中で出されても大丈夫だったが、膣外射精をしてもらうに越したことはない。マナーを心得つつ、女の口の中に出したがるというのもなんだか可愛い。

「ぅんぐっ！　ぅんぐっ！」

紀恵は自分の味がするペニスを思いきり吸いたてた。口内でねろねろと舌も動かし、根元を指でしごきたてる。

「おおおっ……でっ、出るっ……もう出るっ……いいですか？　口の中に出してもいいですか？　おおおおうううううーっ！」

省吾が腰を反らせ、煮えたぎるように熱い粘液を吐きだした瞬間、紀恵はビクッとした。イッたばかりの肉穴に、男の器官が入ってきたからだ。ペニスを咥えているので振り返ることはできなかったが、幹也のペニスに違いない。入ってくるなり、パンパンッ、パンパンッ、と尻を鳴らして怒濤の連打を送りこんできた。

「ぅんぐっ！　ぅんぐうううううーっ！」

紀恵はドクドクと射精している省吾のペニスをしゃぶりまわしながら、幹也の連打を受けとめた。アメリカンフットボールで鍛(きた)えている幹也のピストン運動は、省吾よりもさらにパワフルだった。

当たり前だが、パワフルな連打は深く入ってくる。子宮をひしゃげさせる勢いで、最奥をずんずんと突いてくる。

すっ、すごいっ……。

押し寄せてくる快楽の高波に、紀恵はさらわれた。呑みこまれ、揉みくちゃにされて、全身の痙攣がとまらなくなった。

もうすべてを出しきったはずなのに、省吾は紀恵の口唇からペニスを抜き去ろうとしなかった。若者のペニスは一度射精したくらいでは萎(な)えないものらしく、いまだ勃起を保って硬いままだ。

「おおおっ……おおおっ……」

省吾は呆(ほう)けたような声をもらしながら、紀恵の頭を両手でつかんだ。頭を押さえつけて腰を動かしはじめる。ピストン運動で女の顔を犯してくる。

「うんぐっ……ぅんぐぐっ……」

息ができず、苦しくてしようがなかったが、紀恵はやめてほしいとは思わなかった。たまらない気分だった。たまらないほどセックスが気持ちよかった。

意識が遠ざかっていく感覚の中にいると、快楽の輪郭（りんかく）だけがくっきりしてくる。口唇にペニスを咥えていなければ、こんなの初めてっ！　と叫びたいくらいだった。後ろから前から押し寄せてくる衝撃に、紀恵はなす術（すべ）もないまま肉の悦びに溺（おぼ）れていった。

第四章　西武線の女（2）

1

梅雨に入ってから雨模様の天気が続いている。

雨の日に外出するのが好きな女はいない。靴の選択肢(せんたくし)が狭(せば)まるし、雨に濡れてもいいような靴では気分があがらない。なにより湿気で髪のセットが台無しになる。

それでも、仁美は西武池袋線とＪＲ山手線を乗り継いで、渋谷までやってきた。

彩香に会うためだ。

ＬＩＮＥのやりとりでは、なにやら相談事があるようだったが……。

「どうしたのよ？　話があるんじゃなかったの？」

　松花堂弁当を黙々と食べている彩香を見て、仁美は苦笑した。ランチタイムでも静かに食事ができる、落ちついた和食の店だった。夜は居酒屋になるのだろう、どの席も半個室になっているから、内緒話をするにはうってつけだ。

「まあ、そうなんだけど……」

　彩香は長い溜息をつくように言った。

「仁美の顔見たらなんか安心して、どうでもよくなったっていうか……話すまでのことはないかなって……ホント、小さなことだし……」

　嘘だろうな、と仁美は思った。二十年来の友達の顔を見たら、逆に話を切りだせなくなったのだ。事情はわからないが、そういう気分はよくわかる。仁美自身が、そうだからである。

　雨の中わざわざ渋谷までやってきたのは、彩香の話を聞くためだけではなかった。仁美もまた、誰にも話せない苦しい胸のうちを彩香に打ち明けたかったのだ。打ち明けて、意見が聞きたかった。

　しかし、彩香の顔を見たらなにも言えなくなった。

二十年来の友達に、軽蔑（けいべつ）されるのはつらい。なにしろ美人なので派手なタイプに見られがちだが、彩香は根が真面目な女だった。そういう彼女だから、高校を卒業してからもずっと友達でいられた。彩香に軽蔑されるくらいなら、なにも言わずにひとりで悩んでいたほうがいい。

仁美は現在、恋をしている。

三十五歳、子持ちの人妻がなにを言いだすのだ？　と笑われるかもしれないが、そうとしか呼びようがないのだからしかたがない。

二カ月半ほど前、田代健人にナンパされ、仁美は若い男とのセックスに目覚めた。週に一度、夫とセックスしている仁美は、自分はそれなりに満たされていると思っていたのだが、いままで知らなかった世界を知らされた。セックス観がガラリと変わってしまった。

「あんた、ナンパしたのが生まれて初めてなんて嘘よね？」

事後、健人に訊ねた。シャワーを浴びて服を着ていたが、それでもまだ、彼が与えてくれたオルガスムスの余韻（よいん）が体の内側に残っていた。

「怒らないから白状しなさい。熟女と寝るのも、相当場数を踏んでるんじゃない？」

「まいったなあ……」

　健人は苦笑まじりに頭をかいた。

「嘘をついたのは謝ります。でも、仁美さんガード堅そうだから、真っ赤な嘘でもつかないと、絶対に断られそうで……」

「いつもああやって路上でナンパしてるの？」

「路上は本当に、ごくたまにですよ。メインはSNSです。熟女好きな友達とグループLINEやってて、情報交換してるんですよ。あの人妻はいけそうだ、とか」

「確率悪そうね」

「そうなんですよ。だから最近じゃ、風俗に走るやつが続出してます。人妻専科を謳ってるデリヘルとか、よくあるじゃないですか。でもそこで働いているのはプロですから、やっぱり……俺なんかが求めているタイプには出会えませんね」

「そのグループLINE、何人くらい参加してるのかしら？」

「三百人くらいだったかな」

「えっ……」

想像をはるかに超えた人数だったので、仁美は一瞬、絶句した。

「まあ、熟女関係の話題ならなんでもいいっていうか、しょうもない下ネタトークが多いですからね。あの熟女AVはよかったとか。それなら裏サイトに流出しているとか……ナンパに関しても、あそこのスタンディングバーにいる熟女はやらせてくれそうとか、虚実ないまぜな情報が飛びかってて……」

「三百人、か……」

仁美が人差し指を顎に置いて上を向くと、

「なに考えてるんですか？」

健人がニヤニヤしながら言った。

「まさか、三百人斬りに挑戦しようなんて思ってないですよね？」

「思ってないわよ」

仁美は苦笑した。

「熟女にそれほど需要があるなら、供給してみるのも面白いかもって思っただけ」

「どういう意味ですか？」

「わたし、女子高生のときエンコーしてたのよ」

「へええ、やりますねえ」

熟女専門のナンパ師は、まったく引かずに笑っている。

「と言っても、体を売ってたわけじゃない。一緒に食事をしたり、カラオケ行ったりするだけで、お小遣いをせしめてたの」

「仁美さんって悪い女だったんだ」

健人が身を乗りだしてくる。

「つまり、熟女好きを相手にエンコーしようっていうんでしょ」

「今度は体ありでね。そういう話に乗ってきそうな女友達が……そうね、五、六人はいるかな」

そのとき仁美の頭に浮かんだのは、女子高生時代の友達ではなかった。大学時代に属していたイベントサークルのメンバーだ。性に対して開放的で、なんでも明け透けに話す女たち……。

高校時代はそういうタイプを毛嫌いしていた仁美だったが、大学生になると恋人ができたこともあり、興味津々に話を聞いていた。三十代になっても恋愛体質が治らず、それ以上に性に貪欲な彼女たちなら、面白がって話に乗ってきそうな気がする。

「協力させてください」

健人は真顔になって握手を求めてきた。

「こう見えて利にあざといほうでして。いまの話にはお金の匂いがする」

「わたし、悪い女なんでしょ？」

「悪い女は嫌いじゃない」

「わたしも利にあざとい男が嫌いじゃないわよ」

眼を見合わせて笑った。

そんなふうにして始めた熟女エンコーだったが、仁美が恋をしているのは健人ではない。彼は純粋なビジネスパートナーで、エンコー相手の供給源だ。ひとり紹介してもらうたびに五千円払っているから、実際にエンコーをしている仁美たちより儲かっているだろう。

べつにかまわなかった。仁美の目的はお金ではなく、若い男とのセックスだったからだ。

健人とのセックスがそんなによかったのなら、なぜ彼との継続的な関係を望まなかったのか？

それはもちろん、家庭を壊したくなかったからだ。婚外恋愛ではなくエンコーであれば、ひとりの男にのめり込むことなく、純粋にセックスを楽しめると思ったからである。

結局は、のめり込んでしまったのだが……。

2

仁美が青山尚之（あおやまなおゆき）と出会ったのは、ひと月前の池袋だった。

エンコーを始めてしばらくの間は、知りあいとばったり会ってしまうことを避けるため、馴染みのない新大久保のラブホテルを利用していた。

しかし、街の雰囲気に馴染めないのと電車の乗り換えが面倒で、最近はもっぱら西武線一本で行ける池袋のホテルを利用している。真っ昼間だし、男と寄り添ってホテルに出入りするわけでもないから、たとえラブホテル街を歩いているところを知りあいに見られたところで、誰も仁美がエンコーをしているとは思わないだろう。

尚之は二十一歳。有名私大の四年生で、現在就職活動中らしい。

その後の人生を決定づける大事な時期にエンコーで熟女と遊ぶなんて、ちょっと不届き(ふとど)きな感じがしたが、仁美には最初からピンとくるものがあった。

この子、もしかして……。

初めて会った日も雨が降っていた。

足元の悪さや髪のセットが乱れることに舌打ちしつつも、エンコーのときに限って言えば、仁美は雨が嫌ではなかった。もちろん、傘(かさ)で顔を隠せるからだ。

——到着しました。

尚之からLINEが入った。行く手にはあらかじめ仁美が指定したラブホテル。

尚之はその前に立っていた。所在なさげに……。

尚之はこざっぱりした短い髪に、つるんとした顔。中肉中背のスタイルを含め、特徴がないのが特徴と言いたくなるような容姿をしていた。体育会系でもオタク系でも不良系でもない。

やっぱり……。

いかにもナイーブそうな伏し目がちな態度を見て、仁美は自分の直感が間違っていないことを確信した。

ホテルまであと十メートルほどになると、尚之がこちらを見た。

——中に入って。

ＬＩＮＥを返し、無人のフロントで落ちあう。ホテル代を払うのは向こうなので、部屋は向こうに選ばせる。尚之はいちばん安い部屋を選んだ。若いくせに見栄を張らないのはいいことだった。ケチな男を好む女はいないから、同世代の男だったらドン引きするが……。

部屋はチープなペンションふうの趣で、窓がないことをのぞけば、あまりラブホテルっぽいところではなかった。仁美はこのホテルを好んで利用していた。

さあ欲望を剝きだしにしなさいとばかりに、ギラギラした内装のところは興醒めする。

部屋に入っても尚之は顔を伏せ、所在なさげに立ちつくしていた。男がそういう態度だと、女も所在がなくなってしまう。

「あのさ……」

「あのう……」

声が重なった。

「なあに？　お先にどうぞ」

仁美が言うと、

「実はその……僕……」

尚之は気まずげにもじもじしながら言った。

「僕、彼女いない歴二十一年なんです。こういうところに入ったのも初めてで……」

「童貞なんでしょ？　そうだと思った」

仁美の言葉に、尚之はハッと息を呑んだ。

「どうしてわかったんですか？」

「なんとなくね」

熟女とエンコーをする若者は、総じてセックスが上手だった。いや、心の底からセックスが大好きというタイプばかりで、精力も抜群……。

ただ、彼らの同世代、二十歳そこそこの女の子は、まだ性感が充分に発達していないから、そこまでセックスを楽しめない。

そこで熟女に走るわけだが、尚之は彼らとあきらかに毛色が違った。何度かLINEでメッセージを交換し、写真を見ただけでピンときた。セックスの経験がない男は、女を怖がっている。

「迷惑、ですか？」

尚之が上眼遣いで見つめてきたので、仁美はやさしく微笑んだ。

「どうして？　あなたの初めての女になれるんでしょ？　嬉しいわよ」

身を寄せて行くと、チークダンスを踊るときのように軽くハグした。顔と顔が近づき、尚之が眼を泳がせる。顔が赤くなっていく。

可愛い……。

俗に言う「童貞の筆おろし」を経験できることを、仁美は正直、かなり楽しみにしていた。若者らしい旺盛な体力と硬いペニスに翻弄されるのも最高だが、一回くらいは経験の少ない相手に性の手ほどきをしてみたい、と思っていたのだ。

自分でも驚くほどの心境の変化だった。

独身時代は年下には眼もくれず、初体験の相手をするなんて面倒くさいから勘弁してくれと思っていたのに、いまの仁美は、童貞をプロデュースすることを想像するだけで興奮してしまうのだ。

「どういうふうにしてほしい？」

立ったまま抱擁を強め、眼を見てささやいた。

「やってみたいこと、いろいろあるでしょ？　どんなにエッチなことでもしてあげるよ。ほら、言って」

「いや、それは……普通で」

尚之はもじもじしながら答えた。

「本当？」

仁美は悪戯っぽい眼つきで、尚之の顔をのぞきこんだ。

「本当に……ごくノーマルな感じで……」

尚之はしどろもどろに言葉を継いだ。

「僕はたぶん、性欲とかそんなに強いほうじゃないんです。彼女がいなくて淋しいなとか、エッチしたいなって思ったこともあんまりないし……でも、就職活動しているうちに、そういうことだから自分に自信がもてないのかなって……思って……」

「そう……」

仁美は眼を細めてうなずいた。自分は就職のための踏み台か、と思わないこともなかったが、童貞より経験者のほうが自信がもてるというのは事実だろう。心情を素直に吐露したご褒美に、ひと肌脱ぐのはやぶさかではない。

「じゃあ、全部わたしにまかせてもらえる？」

「はい」

尚之がうなずいたので、仁美はチュッと軽いキスを与えてやった。尚之が眼を丸くしている。軽いキスでこんなに驚くなんて、この先大丈夫だろうか？

「シャワー浴びてきて」

仁美は抱擁をといて微笑んだ。

3

仁美はシャワーを浴びた体に下着を着け、バスローブを着て部屋に戻った。

先にシャワーを浴びた尚之は、ベッドの端(はし)にちょこんと腰かけていた。

ほとんど青ざめていた。背中を丸めた姿勢から、緊張が伝わってくる。乱れる鼓動(こどう)の音まで聞こえてきそうだ。

「もう！　リラックスしないと楽しめないわよ」

仁美は尚之の手を取って立ちあがらせると、熟れた体を見せつけるようにバスローブを脱いだ。

尚之がハッとして眼を見開く。

三十五歳のメリハリの効いたボディは、ペパーミントグリーンのランジェリーで飾られていた。レースをふんだんに使っているのは可愛らしいが、ハーフカップにハイレグ、Tバックと、とびきりセクシーなデザインである。

「あなたも脱いで」

尚之が黒いボクサーブリーフ一枚になると、ふたりでベッドに横たわり、布団を被った。

「触っても、いいよ」

身を寄せながら、甘くささやく。腕に乳房を押しつけているのに、尚之はカチンコチンに固まったまま、こちらに手を伸ばそうとしない。新鮮な反応だったが、このままでは埒が明かない。

仁美は意を決して上体を起こし、尚之の上に馬乗りになった。眼を見てやると、顔をそむけた。仁美は彼の双頬を両手で挟んで視線を合わせ、キスをした。

彼女いない歴＝年齢の彼はキスの経験もなかったらしく、唇と唇を密着させただけでそわそわと落ち着かなくなった。

ホントに可愛いわね……。

これは親愛の情を示すためのキスではなく、セックスのイントロダクションである。唇を重ねるだけでは終わらないとばかりに、仁美は舌を差しだした。唇と唇の合わせ目を舌先でなぞってやると、尚之はおずおずと口を開いた。仁美はすかさず舌を口内に侵入させ、舌と舌とをからめあわせた。

尚之の顔がみるみる真っ赤に上気していく。

仁美がさらに、乳首を指でくすぐりはじめると、尚之は鼻息を荒げて身をよじった。ひどく恥ずかしそうで、いまにも泣きだしてしまいそうだ。

食べてしまいたいくらい可愛かった。

ヴァージン、あるいは経験の浅い女を抱くとき、男はこんな気分で愛撫をしているのだろうか？

仁美は興奮していた。生まれて初めてチャレンジする筆おろし――できることなら、一生思い出に残る素敵な体験にしてあげたい。大人の男になることで、自信をもって就職活動に挑んでほしい。

「あなたも触って」

尚之の手を取り、自分の胸に導いた。ブラジャーの上から、やわやわと揉まれた。乱暴にしないことには好感がもてたが、海千山千のエンコー熟女には、それではちょっと物足りない。

仁美は馬乗りになったままペパーミントグリーンのブラジャーを取った。露わになった白い乳房に、あらためて尚之の手を導く。またやわやわと揉まれる。だが、ブラジャーの保護を失った生乳の先端には、敏感な性感帯がある。

「あんっ！」

乳首に触れられると、仁美は眉根を寄せて高い声をもらした。

「だっ、大丈夫ですか？」

尚之が心配そうに言ったので、

「感じただけよ。気持ちよかったの。もっと触って」

仁美はまぶしげに眼を細めて見つめた。尚之が人差し指を立てて乳首を転がしはじめると、仁美は彼の股間に手を伸ばした。馬乗りになっているから、お尻の後ろにある。勃起しきったペニスが、ブリーフにぴっちりと包みこまれている。ブリーフの薄い生地の上から、ペニスを撫でさすった。尚之は身悶え、お返しとばかりに乳首をつまんできた。

「あああっ……」

仁美はしつこくペニスを撫でさすりながら、

「吸って……乳首を吸ってちょうだい……」

甘えるような声でささやいた。乳首を吸えるように、上体を前に傾ける。

尚之はうなずき、物欲しげに尖った乳首を口に含んでくれる。最初は軽く、やがて強く吸ってくる。

「ああっ、いいっ……気持ちいいよっ……」

稚拙(ちせつ)な愛撫だったが、仁美はあえぎ声がとまらなくなった。夫とのセックスでは、なるべくこらえているのに、尚之が初めて吸っている乳首が自分のものだと思うと、声をあげずにはいられなかった。

まあ、お母さんのも吸ってるでしょうけど、それとは意味が違うものね……。

尚之に左右の乳首を吸われた仁美は、

「しっ、下もっ……下も触ってっ……」

震える小声でささやき、馬乗りから添い寝の体勢になった。

まだショーツに包まれている女の花は、大量の蜜を漏らしていそうで恥ずかしかったが、それ以上に、触ってほしくてしかたがない。

股間に手を伸ばしてきた尚之は、いきなりショーツの中に手指を忍びこませてきた。仁美はまず、ショーツの上から愛撫してもらうのが好きなのだが、文句は言えなかった。尚之の指が腹部の肌、そして草むらに触れた瞬間、軽いエクスタシーに達しそうになってしまったからである。

彼の初めてが全部……全部わたしの体で……。

濡れた花びらにそっと触れられると、

「はっ、はぁううううーっ！」

喉を突きだしてのけぞった。自分でも驚くほど大きな声を出してしまったが、
尚之も眼を丸くして驚いている。

「だっ、大丈夫よっ……」

仁美はこわばった笑みを浮かべた。

「気持ちよかっただけだから、もっと触って……」

どうやら、気を引き締める必要があるようだった。二十一歳の初体験をいただいていることに興奮し、いちいち大仰に反応していては淫乱だと思われる。初体験の相手が淫乱の人妻だったとなってしまうのは、尚之に悪いし、仁美だってつらい。少しは慎み深くしなくては……。

ショーツの中で、尚之の指が動きだした。さすがに女の性感ポイントをまるでわかっていなかったが、それでも仁美は感じてしまった。

「ぅんんっ……ぅんんんっ……」

身をよじって悶えれば、全身が熱くなってくる。ふたりはまだ布団の中にいたのだが、それをどけて両脚をひろげる。自分から大胆なポーズを披露し、濡れた瞳（ひとみ）で陰部をいじっている男を見つめる。

「こっ、こんな感じでいいんですか？」

尚之が不安げに訊ねてきたので、

「好きにして、いいよ」

仁美はせつなげに眉根を寄せてささやいた。

「濡れてるでしょう？」

「……はい」

「感じてる証拠だから……とっても気持ちいいから……あああっ！」

肉穴に指が入ってきたので、仁美は大きくのけぞった。クリトリスの位置もわかっていないのに、なかなか大胆なやり方だ。

とはいえ、濡れた肉穴に指を入れられれば気持ちがいい。指を折り曲げてGスポットを刺激するとか、子宮をコンコンとノックするとか、尚之にそういうテクニックがあるはずもなく、まっすぐに伸ばした指をただヌプヌプと出し入れするだけだったが、それでもひどく感じてしまう。

「こっ、交替しようか」

あお向けになっている尚之から、ブリーフを脱がせていく。中肉中背の彼はペニスのサイズも中くらいだったが、勃起の勢いはやはり二十一歳、うっとりと眼を細めて眺めてしまう。

仁美は尚之の両脚の間で四つん這いになり、口腔奉仕を開始した。まずは血管を浮かせて膨張している肉棒にそっと指をからませ、顔を近づけて口を開く。ダラリと伸ばした舌で亀頭を唾液にまみれさせ、口唇に収めていく。ゆっくりと唇をスライドさせる。同時に肉棒の根元もしごいてやる。

「ううう っ……ううう っ……」

尚之がうめき声をあげている。ただ単に気持ちがいいだけではないようだ。恥ずかしいのだろう。仁美もそうだった。生まれて初めてクンニされたときは衝撃的に気持ちよかったが、それ以上に恥ずかしくてしようがなかった。

「あっ、あのうっ！」

尚之が叫ぶように言った。

「そっ、それ以上されたら出ちゃいそうですっ……気持ちよすぎてっ……」

仁美は口唇からペニスを抜いた。

「じゃあ、もう入れる？」

コクコク、と尚之がうなずく。それも当然だった。結合してしまえば、たとえ早漏でも童貞喪失は成し遂げられる。フェラで暴発では、そうはならない。

仁美は上体を起こし、尚之の腰にまたがった。

最初の体位に騎乗位を選んだ理由はふたつある。ひとつは童貞を奪ったという実感が欲しいというこちらのエゴだ。そしてもうひとつは、慣れない尚之にいきなり正常位は難しいと思ったからである。

よって、まずは騎乗位で繋がって要領(ようりょう)を伝え、正常位に移行して射精に導くというのが、いちばんいいやり方だと判断した。

仁美にとって、騎乗位は苦手な体位だった。乱れすぎてしまうからだ。淫乱と思われるのは本意ではないので、調子が出る前に正常位に変えるという理由もある。

これは尚之の初体験で、こちらはそれをプロデュースしている立場なのだ。セックスを楽しみつつも、どこかに冷静な部分をもっていなくてはならない。

「入れるよ……」

腰を浮かせ、硬く勃起しているペニスに手を添えた。先ほどのフェラで、先っぽから根元まで唾液をたっぷりとまとわせてある。仁美のほうも充分に潤んでいるから、結合はスムーズなはずだ。ゆっくりと腰を落としていく。

「うんんっ！」

ずぶっ、と亀頭を呑みこむと、仁美の顔は歪んだ。尚之は眼を見開き、顔をこわばらせている。

仁美はずぶずぶとペニスを呑みこんでいき、腰を最後まで落とした。違和感があった。ペニスの先端が、子宮にあたっている……。

「えっ？　ええっ？」

異常事態に、仁美は焦りまくった。ペニスの先端が子宮にあたっているということは、結合しただけで気持ちがいいということだ。体中が小刻みに震えだすほどに。

意味がわからなかった。

尚之のペニスはそれほど大きくなかったはずだ。あの長大な健人のペニスを入れられたときも、こんなことはなかったのに、いったいどういうことだろう？

動きだすのが怖かった。動いていないのに、体の震えは激しくなっていくばかりだし、額にじっとりと汗が浮かんでくる。

怖いけれど、ちょっと動いた。股間を前後にスライドさせるように……。

「あぁうううーっ！」

衝撃的な快感が訪れ、すぐにちょっとだけではすまなくなった。あっという間に、激しく腰を動かしてぐいぐいと股間をこすりつけていた。それだけでは飽き足らず、両脚をM字に立てて、上下にも動かす。パチーンッ、パチーンッ、とヒップを鳴らすたびに、ペニスの先端が子宮にあたる。眼もくらむような快感が、頭のてっぺんまでビリビリ響いてくる。

薄眼を開けて、尚之の様子をうかがった。

二十一歳の童貞は、三十五歳の人妻の淫乱じみた振る舞いに啞然としているようだった。それでも仁美は、腰を動かすのをやめることができない。

パチーンッ、パチーンッ、とお尻を落とすたびに訪れる快感が強烈すぎて、羞じらうことさえできない。

「ああっ、いいっ！　すごいっ！」

髪を振り乱し、あえぎ声を撒き散らして、よがりによがる。股間の上下運動では子宮がしたたかに突きあげられるが、前後に動かせばＧスポットにあたる。どちらも我を失いそうなほど気持ちがいい。

「ねっ、ねえっ！　なんでこんなに気持ちいいのっ？　こんなにすごいのっ？　こっ、こんなのっ……こんなの初めてえええーっ！」

仁美は真っ赤に染まった顔をくしゃくしゃにして、部屋中に響き渡る叫び声をあげた。気持ちがよすぎて、いまにも感極まって泣きだしてしまいそうだった。これが尚之の初体験であることなど頭の中から吹っ飛んでしまい、自分の快感だけを貪欲にむさぼってしまう。

「イッ、イクッ……もうイクッ……イクイクイクイクッ……はぁうううーっ！　はぁあああああーっ！」

ビクンッ、ビクンッ、と腰を跳ねあげて、仁美はオルガスムスへの階段をかけあがっていった。新しい扉がバタバタといくつも開かれていくような、いままでに経験したことがない強烈な絶頂感だった。

4

あとから知ったことだが、女の絶頂には三つの種類があるという。クリトリスでイク「外イキ」、Gスポットでイク「中イキ」、子宮でイク「奥イキ」の三種類である。

仁美はこの日、生まれて初めて奥イキを経験した。外イキや中イキは経験していたが、奥イキなんて存在そのものを知らなかったので驚いてしまった。

「あああっ……あああああっ……」

騎乗位で絶頂に達した仁美は、体中をぶるぶると痙攣させながら、尚之に覆い被さっていった。イキきっているはずなのに、絶頂感が持続していた。そんな経験は初めてだった。

「だっ、大丈夫ですか？」

尚之が心配そうに声をかけてくる。

「……うん」

大丈夫ではなかったが、体調が悪くなったとか、どこかが痛いわけではないので、仁美はそう答えるしかなかった。むしろ、気持ちがよすぎて戸惑いきっている。絶頂の感覚はまだ続いている。

「セックスって気持ちいいんですね」

尚之が眼を輝かせて言った。

「……そうね」

「今度は僕が上になっていいですか？」

「……うん」

うなずいた仁美は、恥ずかしくてしようがなかった。こちらは人生経験豊富な三十五歳。にもかかわらず、二十一歳の童貞を相手に自分勝手に腰を動かし、激しくイッてしまうなんて……。

体勢を入れ替え、仁美はあお向けで両脚をひろげた。尚之が右手で女の花を触って、穴の位置を確認する。勃起したペニスをつかんで入れてこようとするが、すんなり結合ができない。童貞だからしかたがない。仁美が導いて位置を教えてあげる。亀頭が穴の入口にくるように……。

「そのまま入れて」

「はい」

尚之が入ってくる。仁美の体には奥イキの感覚がまだ生々しく残っていた。いちばん奥まで入れられると、それが再燃した。子宮を押される強烈な快感が体の芯を走り抜けていき、尚之に不安げな眼を向けられても、酸欠の金魚のようにパクパクと口を動かすばかりだ。

「ううっ……うっ、動きますっ……」

尚之が動きはじめた。さすが童貞だった。腰を使ってピストン運動をするのではなく、体全体を動かしてペニスを出し入れしようとする。

だがその拙い（つたな）やり方が、奥イキに目覚めたばかりの仁美にはフィットした。ぐりぐりと子宮を刺激されるのだ。ペニスの先端が子宮にあたり、こすれ、突かれているのがはっきりわかる。

「あああーっ！　はぁあああああーっ！」

仁美は両手を伸ばし、尚之を抱き寄せた。なにかにしがみつかずにいられなかったし、しがみつくならこの快感を与えてくれている男がよかった。

「きっ、気持ちいいよっ！　とっても気持ちいいよっ！　おかしくなりそうなくらい気持ちいいっ！　あああーっ！　はぁあああーっ！」

あられもなく乱れては、両脚を尚之の腰にからみつけていく。ピストン運動の指導さながらに、ぐいぐいと引き寄せる。それもまた、たまらなく気持ちいい。あたりどころが変わっても、尚之のペニスは仁美の体ととことん相性がいいようだった。子宮も気持ちよかったが、Ｇスポットにも見事にあたる。奥イキに至る快感と、中イキに至る快感が、交互に押し寄せてきて息もできない。

さらに……。

ナイーブそうな雰囲気の尚之だったが、学習能力は高いらしく、仁美が腰を引き寄せる感覚をあっという間に自分のものにした。本当に驚くほどの順応性だった。気がつけば仁美がリードしてやらなくても、彼は腰を動かしていた。ずんずんっ、ずんずんっ、と突きあげてきた。

「あああっ、すごいっ！　すごいいいいいいーっ！」

仁美は半狂乱でのたうちまわった。髪を振り乱しながら力の限り尚之にしがみついた。彼も強く抱きしめてくれた。骨が軋みそうなほど強い力だったが、それがたまらなく心地いい。

「でっ、出そうですっ！　もう出ますっ！」

尚之が切羽つまった声で言い、仁美はうなずいた。五体を翻弄している快楽があまりにもすごすぎて、避妊リングをしているから中出ししても大丈夫だと伝えることができなかった。

「ううぅっ！」

尚之はうめき声をあげると、ペニスを抜き去った。自分の右手でしごきたて、煮えたぎるように熱い白濁液を飛ばしてきた。

夫がいつも行なうフィニッシュと同じだった。しかし、夫の精液は仁美の腹部に飛ばされる。若い尚之のそれは、すさまじい勢いで仁美の顔まで飛んできた。

「ごっ、ごめんなさいっ！」

精液が粘る仁美の顔を見て、尚之が謝る。謝りながら、ペニスをしごく。

仁美はびっくりしてしまった。わざとではないとはいえ、顔に精液をかけられるなんて、女にとってはとんでもない屈辱である。

なのに、咎めることができなかった。ほとんど放心状態で、うめきながら射精をつづけている尚之を見ていた。頬にかかった男の精が口の端に垂れてきても、拭うことさえできなかった。尚之に見つからないように、こっそり舌を伸ばして舐めてしまった。


童貞喪失の儀式が終わっても、仁美と尚之はベッドで身を寄せあっていた。たぶん一時間以上も余韻を嚙みしめながらまどろんでいたと思う。

「最高でした……最高でした……」

尚之は仁美を見つめながら、同じ言葉を何度も口にした。

「セックスって素晴らしいんですね……仁美さんが素晴らしいから、こんなに最高だったんですよね？」

「わたしも……こんな気持ちのいいセックス……したことがない……」

尚之を見つめ返す仁美の顔は、完全に「恋する女の顔」になっていたはずだ。

「最高でした……最高でした……」

飽きもせず何度もささやいてくる尚之の言葉が、お世辞だとは思わなかった。

仁美が三十五歳にして唐突に奥イキの快感に目覚めたのは、おそらく尚之と体の相性が抜群によかったからだろう。健人ほど長大なペニスでなくても、形とか角度とか、こちらにフィットするなにかがあるのだ。

そして、仁美がこんなにも気持ちがよかったということは、尚之もそうに違いないのだ。ただ単に生まれて初めて女を抱いたという以上に、彼は相性抜群のセックスを経験してしまったのである。

あとで調べたところによれば……。

奥イキによる快感は、外イキや中イキに比べて深く、長く持続し、全身に響き渡るようなものであるらしい。

それに加え、精神的に満たされる場合が多いという。奥イキの快感には、「オキシトシン」という幸福感を高めるホルモンの分泌量が、他のイキ方に比べて格段に多いらしいのだ。

実際、事後に尚之と身を寄せあいながら、仁美は虹色の多幸感に包まれていた。エンコーでこんな気持ちになっていいのだろうかと焦ってしまったくらいだった。

いや……。

これはエンコーではないのではないか？　ともうひとりの自分が言った。

出会いはエンコーでも、これはたぶん恋の始まり……。

「ねえ……」

仁美は鼻にかかった甘い声でささやいた。

「また会って……くれるよね？」

尚之が言葉を返す前に、仁美はたたみかけた。

「もちろん、お金はいらない。なんなら、ホテル代はわたしが払ってもいい。就活で忙しいでしょうけど、いいよね？　また会えるよね？」

最後のほうは、ほとんど泣きそうな顔になっていたと思う。無下に断られていたら、おそらく本当に泣いていた。涙を流して会いたい気持ちを訴えた。泣いて男にすがりつく女なんて、心の底から軽蔑していたのに……。

「僕も……」

尚之も泣きそうな顔で見つめてきた。

「また会いたいです……何度でも、何度でも……」

ぎゅっと抱きしめられた。こんなにも熱く、胸が高鳴る抱擁を他に知らないと、仁美は思った。「嬉しい！　嬉しい！」と少女のように口走りながら、尚之にしがみついていった。

5

それから、仁美と尚之は週に三、四回は会うようになった。

と言っても、お互いに自由になる時間が少なかった。

仁美は基本的に専業主婦であり、子育てもあれば家事もある。家を空けられるのは基本的に昼間であり、昼間には熟女エンコーがある。

本当は尚之以外の男に抱かれるのはもう嫌だったが、仁美は熟女エンコーを続けていた。友達を巻きこんでしまった以上、自分勝手に放りだすわけにはいかないと思ったからだ。

尚之は尚之で、大学にも行かなければならないし、就活中でもある。一流私大に在籍し、成績優秀な彼は、家庭教師としても引っぱりだこらしい。

それでも、一時間でも二時間でも時間をつくって、愛しあった。

ラブホテルのときもあれば、安いレンタルスペースのようなところのこともあったけれど、とにかくお互いをお互いがむさぼりあった。

学習能力の高い尚之は、みるみるセックスが上手くなっていった。三回目の逢瀬くらいになると、体の相性だけではなく、ベッドテクでも仁美は翻弄されることになった。精根尽き果てるまで、イッてイッてイキまくった。

とにかく夢中だった。

いままでの人生で、これほどまでになにかに夢中になったことはあっただろうかと自問自答してしまうくらい……。

尚之も似たようなことを口にしていた。しかし、言わなくてもわかっていた。ふたりは愛を超えた一心同体。言葉にしなくても気持ちは通じる——仁美は本気でそう考えはじめた。夢中になっているのはなにも、セックスだけではなかった。

尚之との恋に夢中だった。

とはいえ、決して未来が明るいわけではなかった。

明るいわけがない。

仁美には家庭があり、尚之には将来がある。

そんなことはわかりきっているのに、逢瀬をやめられなかった。十回会っても二十回会っても飽きることなく、性的な充実感が愛情までを育てあげ、ふたりを分かちがたくした。

仁美は尚之と会うたびに泣いていた。一度はオルガスムスの激しさに、二度目はずっと一緒にいられない別れのつらさに……。

こんなにも惹かれあっているのに、ふたりは一夜をともにしたことがなかった。仁美は平日、夕方六時に子供を幼稚園まで迎えにいかなければならない。土日は家庭サービスだ。尚之とのことを悟られないためにも、なるべくいままで通り振る舞って、日曜の夜には夫婦生活も……。

このままではいけなかった。

別れが長引けば長引くほど、別れがつらくなる。どうせ別れなければならない運命なら、一刻も早く決断したほうがいい。

生まれて初めて恋愛を経験している尚之に、その役目を担わせるのは可哀相だった。仁美が決断して、実行するのだ。自分の家庭のためだけではない。別れるのは彼の将来のためでもある。

しかし、どうすれば……。


渋谷の和食屋の半個室――。

テーブルを挟んで向きあっている仁美と彩香の会話ははずんでいない。

ふたり揃って深い溜息ばかりをつき、せっかくの松花堂弁当も、お互いに半分以上残している。

「あんたさあ……」

仁美は意を決して話を切りだした。

「不倫ってしたことある？」

「へっ？」

「不倫じゃなくても、道ならぬ恋っていうか……絶対にハッピーエンドにはならない、続けていてもお互い大事なものを失うだけ、みたいな……」

「あると思う？」

彩香は自分を指差して苦笑した。

「うちらそういうの奥手なほうじゃん。なんとか結婚できたけど、恋愛体質なんかじゃ全然ないし」

「わたしいま不倫してる」

「はあ？」

彩香は思いきり眉をひそめた。

「相手は大学生だけど、わたしが既婚者だから不倫よね？」

「あんたなに言ってるの？　あんたが熟女エンコー始めたのって、外で体をすっきりさせて、家庭は家庭で大事にしたかったからじゃないの？」

「そうだね」

「なんで不倫なんか……」

「好きになっちゃったんだもん」

仁美があまりに真剣な眼つきでそんなことを言ったからだろう、

「マジか……」

彩香はやれやれとばかりに深い溜息をついた。

「あんただけは、そういうこと言いださない女だと思ってたけどね」

「だって……」

仁美は頬に涙が伝っていくのを感じた。

「恋に落ちちゃったんだから、どうしようもないじゃない！」

あとからあとから、大粒の涙があふれてくる。彩香がハンカチを差しだしてくれたが、仁美は自分のハンドバッグからハンカチを出した。いくら拭っても、涙はとまらなかった。

ここが店の中でなければ、声をあげて号泣したかった。

第五章　東横線の女（2）

1

まいったなあ……。

涙がとまらない高校時代からの親友を前に、彩香は困惑しきっていた。

仁美はこんな女じゃなかったはずだ。

いつだって毅然(きぜん)としていて、女子高生なのに大人の男を相手にしても一歩も引かなかった。エンコーはしても体は絶対許しちゃダメと口を酸(す)っぱくして言っていた彼女は、さながら現代社会をサバイバルしている美少女戦士のようだった。

恋愛にのめり込むタイプでもなく、いつだってクールに構えて、自分と相手の距離を客観的に見極めようとしていた。

それが……。

好きになっちゃったんだもん、などと言い放ったのだから、彩香は仰天してしまった。仁美のイメージからかけ離れたおぼこい台詞に眩暈がした。さらに、恋に落ちちゃった、と言って泣いている。信じられない……。

不倫……。

相手がどういう男なのかはわからないが、仁美自身が子持ちの既婚者である以上、どこをどうやっても未来は暗いだろう。普通に考えて離婚なんてできるわけないし、したとすれば自分も相手も重い十字架を背負うことになる。それで幸せになれるとは到底思えない。

とはいえ……。

気がつけば、彩香もさめざめと涙を流していた。

「どうしてあんたまで泣くのよ？」

仁美が濡れたハンカチを握りしめながら言い、

「もらい泣きでしょ」

彩香は涙を流しながら唇を尖らせた。

もらい泣き、だけではなかった。不意に脆弱な内面を見せた高校時代からの親友の気持ちに寄り添い、涙がとまらなくなったわけではない。

彩香もまた、似たような状況に身を置いているから泣けてきたのだ。

もっとも、彩香の場合は仁美のように、突然乙女になってしまうような恋ではないかもしれない。そうではないが嵌まっている。完全に沼だ。しかし、いまの仁美にはなにも相談できない。二十年来の付き合いになるが、仁美のことをこんなにも頼りにならない女だと思ったのは初めてだった。

彩香が熟女エンコーに足を踏み入れたのはお金のためだ。

自由が丘というおしゃれな街で生活するには、美容部員の給料だけではやりくりが難しかった。大金が欲しかったわけではなく、月に五万円でもプラスアルファがあれば、もっと楽にアーバンライフを楽しめると思った。

女子高生時代は決して売らなかった体まで売ることに、自分でも驚くくらい抵抗感がなかった。三十五歳、人妻、夫とはセックスレス——もはや用なしというか、塩漬けになっているだけの体を少しくらい汚（けが）したところで、支障（ししょう）なんてあるわけがないと思った。

だが……。

塩漬けになっている間にも、女の体は熟れていくものらしい。

最初は週に二回ほどのペースでエンコーしていたのだが、どんなタイプの相手がやってきても、彩香はかならずオルガスムスに達した。それも、一回や二回ではなかった。

セックスレスになる以前、夫に抱かれているときは、五、六回に一度しかイカなかったので、びっくりしてしまった。

もちろん、恋愛感情がある相手であれば、セックスに絶頂は必須（ひっす）ではない。イカなくても充分に満足できるのが女という生き物だ。

しかし、こうも立てつづけにイキまくっていると、中毒性を帯（お）びてくる。セックスは苦手だと思っていたし、もう結婚したのだから死ぬまでなくてもかまわないとさえ考えていたのに、いまではちょっとでもぼうっとしていると、頭の中にいやらしい想念ばかりが次々と浮かんでくる。

そうなると、好奇心まで疼きだすのがセックスというものらしかった。若い男の逞しい体でパワフルに抱かれるのも、もちろん気持ちいい。しかし、最近ではもっと刺激的なプレイに嵌まっている。

相手は最初のエンコー相手、宇佐美である。

東大生、一六〇センチを下まわる低身長、黒縁メガネをかけたオタクっぽい容姿、さらには中学時代にいじめられていた女教師を憎悪しながら愛しているという、キャラが渋滞（じゅうたい）を起こしているようなあの男だ。

彩香はなにしろ美人なので、リピーターの数が多かった。リピートしない相手のほうが珍しいくらいだったが、宇佐美はいちばんの常連だ。週に二回は指名される。学生のくせに……。

だが、宇佐美の場合はただの学生ではないらしい。東大生の頭脳を活かし、プログラマーのアルバイトをしてけっこう稼いでいると聞いていたが、本当はＩＴ関連の会社を経営していたのだ。東大の仲間たち五人でつくった会社らしいが、それでも年商は億単位という。

「僕は女にプレゼントを贈る男の気が知れないんですよ。アクセサリーでもなんでも、相手にも好みがあるわけで、好みの押しつけになってしまう。だから、僕は女の人にプレゼントしたくなったら、かならず現金を渡すことにしているんだ」

そう言って、熟女エンコーの料金をいつも倍額払ってくれる。特別なプレイに対し、十万円払ってくれたことも……。

「現金は万能だ。なんでも自分の好きなものが買える。いますぐ欲しいものがなかったら貯めておけばいい」

拝金主義者じみたご高説はいただけないが、現金を貰えるのはたしかにありがたかった。

とはいえ、宇佐美は純粋な贈りものとして現金を渡してくれるわけではなかった。見返りとして様々なプレイを要求してきた。普通の相手ならきっぱり断るようなことなのだが、彩香は断れなかった。

お金のせいではない。

宇佐美とするセックスがいちばん燃えるからである。

2

十万円貰って行なった特別なプレイはこんな内容だった。

宇佐美が彩香の常連になった理由は、彼の執着（しゅうちゃく）している中学時代の女教師・二階堂玲香に、顔が似ているからだ。卒業アルバムの画像を見せてもらったが、本当にそっくりだった。

宇佐美は二階堂玲香に対し、ふたつの強い感情をもっている。いじめ抜かれたことに対する激しい憎悪、そして初恋相手としての深い愛情である。

いつも最初は、彩香のことをいじめたがる。罵倒（ばとう）の言葉をねちねちと言いながら、徹底的に辱めてくる。

その一環で、ショーツの中にローターを入れることを求められた。ワイヤレスで遠隔操作ができるローターだ。ベッドの中でではない。

仕事中に、である。

彩香の仕事は百貨店の美容部員。接客業である。美容部員は百貨店の顔、というのが彩香の信念であり、いつだって完璧なメイクを心掛け、姿勢を正し、笑顔でお客さまに接している。

そんな状況で、ローター・イン・ショーツ。

冗談はやめて！　と普通なら怒りだしてもおかしくない、ひどい提案だった。

彩香は彩香なりに、美容部員の仕事に誇りをもっている。いくらなんでも、神聖な職場を穢（けが）すようなことはできない……。

実際にそんな感じで拒んでいたのだが、彩香は結局、宇佐美の希望を叶（かな）えてやった。お金に眼がくらんだからではない。

「やっぱダメですか……」

と淋しそうにつぶやいた宇佐美の横顔に、胸がキュンとなってしまったからだ。

セックスのときは暴君のように振る舞うことも珍しくないのに、彩香に断られていじけている様子が可愛かった。

やっぱりまだ二十歳そこそこの若い男の子なのね……。

ならば三十五歳の人妻が、ひと肌脱がなくては女がすたるというものだろう。

平日の午前中だった。

彩香が働いているコスメショップは一階にある。百貨店の中でもいちばん混んでいる階ではあるが、午前中なら比較的お客さんが少ないから午前中に来てほしい、と宇佐美には伝えた。

彩香のショーツの中には営業開始の午前十時前からローターが入っている。トイレでこっそり入れてきた。宇佐美に「クリにあたるところに入れておくように」と言われたので、根が真面目な彩香はその通りにした。個室を出て鏡を見ると、心臓が暴れだすのをどうすることもできなかった。

美容部員の制服は水色の半袖カットソーにエメラルドグリーンを基調にしたスカーフ、下はストレッチの効いた黒いパンツだ。けっこうタイトフィットなので、ローターをインしていることがバレてしまわないか不安だったが、小型のものなので着衣の上からはわからなかった。

鼓動の乱れをおさめられないまま、キラキラした一階のフロアに出た。仕事の始まりは、いつだってランウェイを歩きはじめるモデルの気分だ。美容部員は百貨店の顔であるとともに、ブランドの看板も背負っている。下手なことはできない。気を抜いてはならない。誰が見てもエレガントな存在でなければ……。

いつもは自信に満ちた心境で自分に言い聞かせているが、今日ばかりは不安しかなかった。宇佐美はラブグッズの類いが大好きな男なので、彩香はいま自分のショーツに入っているローターの威力を知っている。何度か使われたことがある。クリトリスにあてられると、確実にイカされる。

もちろん、セックスのときだから、同時に花びらを舐められたり、割れ目に舌先を入れられたり、乳首をつままれたりしているわけだが……。

「ふーっ」

彩香は勤めているショップに向かいながら深呼吸した。

イクのだけは絶対に我慢しようと思った。

百貨店の顔、ブランドの看板、百貨店の顔、ブランドの看板……胸底で呪文のように唱えながら、ショップに入った。後輩ふたりに朝の挨拶をし、ディスプレイに手抜かりはないかチェックをしてまわる。

開店を告げる音楽が鳴っても、しばらくの間、客が来ることはない――はずなのに、その日は珍しく開店直後から来客が続いた。常連客、一見の客、外国人観光客とタイプは違うが、スタッフ三名総出で接客だ。

彩香が担当したのはここ二、三年、月に一度はやってくるアラフォー女性だった。夫が経営者で、自分は経理を担当しているらしい。どの程度の規模の会社かはわからないが、こんな派手な経理担当がいるだろうか？　という感じの人だった。もちろん、そんな心の声を顔に出すわけにはいかない。

「なんだか最近、顔色が悪いのが気になって……ファンデーション、変えてみようと思うんだけど……」

「それでしたら、新作でおすすめのものがございます」

ファンデーションのプレゼンテーションにとりかかろうとしたときだった。

彩香の心臓はドキンとひとつ跳ねあがった。

百貨店の出入り口、ショップから一〇メートルほど離れたところに、宇佐美がいるのを発見したからだ。客もスタッフも女だらけのフロアだった。男がいればすぐにわかる。

一瞬、眼が合った。宇佐美は口許だけでニヤリと笑うとフロアを徘徊しはじめた。こちらには向かってこない。三つ先にあるコスメショップで、美容部員と話を始めた。まだ二十代前半。全ブランドの美容部員の中でも、いちばん可愛いと評判の子だった。彼女と話をしながら、宇佐美はニヤニヤと脂下がっている。

彩香はギリッと歯噛みしそうになった。あの男は自分に執着しているのではなかったのか？　やっぱり若くて可愛い子がいいのか？　自分の存在価値は、ただ単に愛憎入り混じっている女教師に似ているということだけか？

「どうかしました？　ぼうっとして……」

常連客のアラフォーに怪訝な眼を向けられ、

「いえ、すみません」

彩香は鍛え抜いた営業スマイルで誤魔化した。

「それで新作のファンデーションですが……」

ファンデを手の甲にとり、色の違いなどを説明しつつも、そわそわと落ち着かない。心臓の高鳴りもおさまらない。宇佐美はまだ、フロアでナンバーワンの子と話している。あの男に美容部員と話をする用事なんてあるのか？

「それじゃあ、両方いただこうかしら」

気もそぞろの接客だったのに、常連客は気前よく勧めた商品をどちらも買っていった。他の客も立ち去っており、いつもの午前中の景色に戻った。フロア中を見渡しても、客は四、五人しかいなかった。

　そのうちのひとりが宇佐美である。ナンバーワンとの会話を切りあげ、キョロキョロしながらゆっくりとこちらに近づいてくる。

　彩香は後輩に気づかれないように深呼吸をした。てっきり宇佐美はどこかの物陰から遠隔操作でローターのスイッチを入れると思っていた。しかし、近づいてくる。客になりきって彩香の前に立つ。

「憧れの人に口紅を贈りたいんですが」

　宇佐美は言った。真顔だった。さっきまでニヤニヤと脂下がっていたくせに、自分が相手だとニコリともしないのか？

「どっ、どういったタイプの方ですか？」

　彩香の笑顔はひきつっていた。ショーツの中の異物を意識していた。宇佐美は右手をジーンズのポケットに入れている。リモコンを握りしめているに違いない。いまスイッチを押されたら……。

「どういうタイプか知りたいですか？」

　宇佐美が意味ありげに問い返してくる。

「ええ……ご説明していただいたほうが、おすすめしやすいですから……」

「年齢は三十五」

「はあ」

「怖いくらいの美人」

「服装の好みとかは……」

「いつも濃紺のタイトスーツだね」

彩香のセンスではなかった。二階堂玲香がその格好で教壇に立っていたとかで、宇佐美に着てくるように求められる。濃紺のタイトスーツなんてもっていないと言ったら、マックスマーラで買ってくれた。

「いつもスーツといいますと、お堅い職業……」

「中学の教師ですよ」

「でしたらあまり、派手なものじゃないほうがよろしいですね」

「いや、真っ赤な口紅をしている」

二階堂玲香がどうだったかわからないが、彩香は赤系のリップを好んでいる。それも強い赤だ。

「画像を見てもらったほうが話が早いな」

「えっ、ええ……できれば……」

嫌な予感がした。嫌な予感はたいてい的中する。宇佐美がスマホの画面を向けてきた。彩香は悲鳴をあげそうになった。画面に映っていたのは彩香だった。全裸で両脚をM字に開き、陰毛や性器も露わな……。

もちろん、そんな画像を撮らせてはいない。ただ、顔写真は会うたびに何回も撮られている。服を着ているときだし、顔だけならと彩香は撮影に応じた。

つまり、この卑猥な画像は合成なのだ。しかし、合成っぽい不自然さは一ミリもなく、誰が見てもこれは彩香のヌードだと思うことだろう。

宇佐美は学生にもかかわらず、ＩＴの会社を起業して億の金を稼ぎ出している。要するに、コンピュータの達人なのだ。この程度の合成は簡単なのかもしれないが……。

「……ひっ、ひどい」

彩香は声を震わせ、涙眼で宇佐美を睨んだ。宇佐美は怯まなかった。

「ちょっとトイレに行ってきますから、口紅選んでおいてください。いまの画像で、憧れの人のイメージ、伝わったでしょう？」

悠然（ゆうぜん）とした足取りでトイレに向かっていく背中を見送りながら、彩香は唇を噛みしめた。口紅が剝げないように唇の内側でだ。あまりの辱めに涙まであふれてきそうだったが、そのとき、衝撃が訪れた。

ショーツの中のローターが震えたのだ。

ぶるっ、と一瞬だった。少し歩きまわったせいか、ローターはクリトリスの位置から微妙にずれていた。だが近いところにある。女の体の中でもっとも敏感な性感帯まで、その卑猥な振動は伝わってきた。

いっ、いやっ……。

彩香は青ざめた顔でフロアを見渡した。宇佐美の姿はなかった。どこかの物陰に隠れているのだろう。すがりついて遠隔操作用のリモコンを取りあげたかった。

これはダメだ。こんなことをされたら仕事にならない。

以前ベッドの中で使われたときより、刺激がずっと鋭利だった。ここは職場の百貨店で、会社の制服を着ているという緊張感が、あるいはこっそりいやらしいことをしているという後ろめたさが、刺激を倍増させているのか……。

ぶるっ、ともう一度振動がきた。

続いて、ぶるぶるっ、ぶるぶるっ、と断続的に長めの振動が……。

彩香は極端な内股になり、太腿と太腿をこすりあわせた。そうでもしていないと、膝が砕けてその場にへたりこんでしまいそうだった。

ローターの鋭利な振動は、とまってからも長々と余韻が続いた。いやらしい気持ちがむらむらとこみあげてきて、息をするのも苦しい。体の震えがとまらない。制服の下がひどく汗ばんでいる。

ゆっくりした足取りで、宇佐美が戻ってきた。

「あっ、あの……」

彩香は他のスタッフに聞こえないような小声で言った。

「もっ、もう許して……お願い……」

宇佐美はきっぱりとスルーし、

「口紅は選んでもらえたのかな？」

つまらなそうに答えた。だが、黒縁メガネの奥では、眼が異様に輝いている。

欲情ばかりが伝わってくる熱い視線が、いまにも泣きだしそうになっている彩香の顔面を這いまわる。

「……ぐっ！」

ぶるっ、と振動がきて、彩香の体は伸びあがった。振動が強くなっていた。しかし、伸びあがったせいでローターが下のほうにずり落ちて、性感帯ではないところにあたるようになった。ヴァギナとアヌスの中間あたりだ。

おかげで、ぶるっ、ぶるるっ、と強い振動がきても、先ほどまでのようには感じない。もちろん、性感帯そのものではなくても周辺ではあるから、気持ちがよくないわけではない。むしろ、もどかしい。いやらしい気分ばかりがあとからあとからこみあげてきて、いても立ってもいられない気分になってくる。

「口紅は？」

宇佐美が苛々した口調で急かしてくる。ムッとしているようでも、ジーンズのポケットの中でリモコンを操作している。ぶるっ、ぶるるっ、ぶるるるるっ……。

「こっ、これなんていかがでしょうか？」

震える右手で、赤系の口紅を一本出した。彩香がいつも使っている、いちばんお気に入りのものだった。

「うーん、ちょっとイマイチじゃないか。憧れの人のイメージ、きちんと伝わってるのかなあ」

宇佐美がスマホを取りだし、画面を向けてくる。彩香は眼を見開いた。また合成写真だった。今度は騎乗位。しかもアニメーション機能を使い、女が腰を振っているように見せている。カクカク動くから、いやらしいというより滑稽だ。しかし、顔が自分なので、ひどくみじめな気分になる。

「わかったよね？」

「ううう……」

彩香は唇を噛みしめた。口紅が剝がれるのもかまわず、思いきりだ。ショーツの中のローターは、振動しつづけていた。先ほどまでは小刻みにスイッチが切られていたのに、今度はなかなか切ってくれない。ぶるぶるぶるぶるぶるっ……と振動しっぱなしだ。

宇佐美がまたスマホを向けてきた。画像ではなく文章が表示されている。

──俺が立ち去ったら、トイレでオナニーするつもりだろう？

彩香の顔は熱くなった。顔から火が出そうだった。図星だったからだ。

こんなむらむらした気分で、まともな接客ができるわけがなかった。むらむらを払拭するには、一度イッてしまうしかない。

スマホに表示された文章が変わった。

――早退しろよ。

彩香は息を吞んだ。

――トイレでオナニーなんてみじめなことするくらいなら、俺のチンポでイキまくるほうがよっぽどいいんじゃないか？

常識はずれのとんでもない誘いだった。今日の彩香は、ショップでいちばんの年長者である。それが開店早々早退してしまうなんて、人としてあり得ない。あってはならないことなのだが……。

断れなかった。

宇佐美はチビでガリだが、ペニスだけは大きくて硬くていやらしいくらい反っている。三十五歳の人妻を容易く連続絶頂に追いこんでくれる。

3

突然の腹痛を理由に、彩香は仕事を早退した。

罪悪感も自己嫌悪もあったが、興奮がそれを上まわっていた。仕事を抜けだしてセックスする、ということ自体にドキドキしていた。そんなにも激しくセックスを求める情熱が、自分にあるとは思わなかった。

彩香の今日の装いは宇佐美に買ってもらった濃紺のタイトスーツだった。午前中に彼が職場に現れることは予告されていたので、終業後にはエンコーだろうと思ったからだ。まさか早退させられるとは思わなかったが……。

タイトスーツなんて丸の内のバリキャリOLみたいで嫌なのだが、この装いで会った人間は男女問わず褒めちぎってくれる。似合うらしい……。

百貨店を出るとタクシーを拾った。行き先は六本木。先ほど宇佐美が待ち合わせ場所を指定してきた。渋谷から六本木はタクシーで十分ほどだし、昼間の六本木なら知りあいに会うこともないだろうと、彩香は了解した。

宇佐美が送ってきた住所をナビに入れてもらったのだが、降りた場所は繁華街の裏側にあるひっそりとした住宅街だった。

宇佐美は路上に立っていた。なぜこんなところを待ち合わせ場所にしたのだろうと不思議に思いながら近づいていくと、彼の背後に立っているビルがラブホテルだった。目立つ看板はなく、ホテルの名前と料金だけが控(ひか)えめに表示されている。隠れ家的、というやつらしい。

ふたりとも口をつぐんだまま黙って建物に入った。いつものように宇佐美が部屋を選び、狭いエレベーターに乗りこむ。

扉が閉まると、宇佐美は険しい表情で彩香の全身を舐めるように眺めてきた。

「美容部員の制服も似合っていたけど、やっぱりそっちのほうがいいな」

興奮が伝わってきた。興奮するほど険しい表情になるタイプの男がいるが、宇佐美もそうだった。

「ローターはもう抜いたのか?」

彩香はうなずいた。ショーツにローターを入れたまま外に出る気にはなれなかった。

「返せ」

宇佐美が右手を差しだしてきたので、彩香はハンカチに包んだそれをバッグから取りだした。受けとった宇佐美が、ジーンズのポケットに突っこむ。

エレベーターが停まり、内廊下を少し歩いた。

「えっ……」

部屋に入った瞬間、彩香は立ちすくんだ。

そこは普通のラブホテルではなかった。赤と黒を基調にしたどぎついデザインの内装、贅が尽くされた間接照明、それらは洗練されているものの、壁一面が鏡になっているところがある。そして、その前にはおかしな器具が二台。

ベンチプレスのベンチのようなもの、そして、産婦人科にある開脚台に似たもの。デザイン的にSMプレイに使うものだとすぐにわかった。産婦人科の開脚台には、手足を拘束する黒革のベルトなんてついていない。床が絨毯ではなく撥水性のクッションフロアなのにも、なにやら不穏なものを感じる。

「ここ、SM専用のラブホテルなんですよ」

宇佐美が得意げに胸を張った。

「ＳＭをするわけ？」

彩香は怯えきった眼を宇佐美に向けた。

「僕はサディストじゃない」

「じゃあどうしてこんなところに？」

「わかってるくせに」

宇佐美は意味ありげに笑った。サディストでなくても、女はいたぶりたいらしい。そういう性癖なのではなく、いたぶりたい女が目の前にいるからだ。

「やっ、やさしくしてくれたら……嬉しいな」

すがるように、彩香はささやく。

「やさしくしますよ、もちろん」

宇佐美はまだ笑っている。眼だけが笑っていないのでゾッとするような笑顔だ。

「でもそれは、積年の恨みを晴らしてからです、そうでしょ二階堂先生」

「ううう……」

彩香は本格的に震えあがった。二階堂先生と口にした瞬間、宇佐美にスイッチが入ったことがはっきりわかったからだ。

「そこに立ってください。両脚でベンチを挟んで……」

宇佐美が命じてくる。彩香はおずおずとベンチに近づいていった。ベンチプレスに使うような黒いビニール張りのベンチだった。それを両脚で挟んで立つと、ただでさえ短めなタイトスカートがずりあがった。

「両手を前に……」

宇佐美の言葉通り、両手をベンチにつくと、尻を突きだすような格好になり、タイトスカートがさらにずりあがった。ナチュラルカラーのストッキングに包まれた太腿が、付け根のすぐ近くまで露出してしまう。

目の前の壁が全面鏡張りなので、恥ずかしくてしようがなかった。自分の顔がみるみる生々しいピンク色に染まっていくのが恥ずかしい。そう思うことで、彩香の顔はますます赤く染まっていく。

「オマンコしたさに仕事を放りだすなんて、いい度胸ですね、先生」

宇佐美の右手が内腿に伸びてきた。すうっと軽く撫でられただけで、彩香はビクッとした。

この男は最初、電マで女の体をいたぶってきた。愛撫が苦手なのかと思ったが、そうではなかった。

宇佐美の手指による愛撫は、悪魔のように繊細だった。暴君のように振る舞っていても、手指の動きはどこまでもやさしく軽やかに女体を愛でる。前戯のボディタッチがこんなに上手い男を、彩香は他に知らない。

すうっ、すうっ、と内腿を撫でられる。触るか触らないかのフェザータッチで、くすぐるように刺激してくる。

「あっ……くうっ！」

彩香は腰をひねってしまった。ストッキングとショーツ、二枚の下着の中で、女の花が疼いていた。ローターでさんざんに嬲られ、いや焦らされていた女の性愛器官は、刺激を求めていた。

指で触って確認しなくても、濡れていることがはっきりわかる。自分はいま、いやらしい匂いのするフェロモンを振りまいている。仕事を早退したのはなにも、セックスがしたかったからだけではなく、そんな状態で職場に留まっていることが恥ずかしかったせいでもあった。

「あううっ！」

宇佐美の指が股間に触れた。ストッキングのセンターシームをなぞるように、すうっ、すうっ、と撫でてくる。下着越しにもかかわらず、花びらの合わせ目をはずすことがない。

さらに、恥丘を手のひらで包みこむと、手指全体を、ぶるぶるっ、ぶるぶるっ、と小刻みに振動させた。

「あああっ……あああああっ……」

彩香はたまらず声をもらした。目の前の鏡に、せつなげに眉根を寄せた自分の顔が映っている。浅ましい顔だった。欲望を満たしたがっている女がそこにいた。恥ずかしいが、いまはかまっていられない。

宇佐美の手指の振動が気持ちよすぎて、他のことなど考えられなかった。

今日ショーツの中に入れていたローターはドイツ製の最新型らしいが、あんなオモチャが足元にも及ばないくらい宇佐美の手マンは気持ちいい。みるみるうちにクリトリスが燃えるように熱くなっていく。下腹のいちばん深いところで、なにかがドロリと溶けだしていく。

「いやらしい匂いがしてきましたよ、先生」

宇佐美がわざとらしく、くんくんと鼻を鳴らす。

「学校じゃ清く正しく美しくみたいな顔してるくせに、まるで獣の牝ですね。いやらしいにも程がある」

「ああああーっ！」

恥丘を包みこんだ手指の振動が激しくなり、彩香は甲高い声をあげた。だがそれは一瞬のことで、宇佐美はすぐに手を離した。濃紺のタイトスカートをずりあげ、ストッキングとショーツを太腿までおろすために……。

「ああっ……あああああっ……」

剝きだしになったヒップが心細さを運んでくる。女の花も完全に露出している。鏡には映っていないが、宇佐美のいる後ろからなら丸見えだろう。

「オナニーしてくださいよ、先生」

彩香は自分の耳を疑った。

「だって今日、学校のトイレでオナニーするつもりだったんでしょ？　トイレよりラブホのほうがいいじゃないですか。ギャラリーもいるし」

「……ゆっ、許して」

蚊の鳴くような声で、彩香は言った。

「そっ、それはっ……そんなの恥ずかしすぎるっ……」

「でも、いつもやってるんでしょ？　まさか、やったことないんですか？　やったことないなら許してあげますけど」

「ううっ……」

彩香は言葉を返せない。誓っていうが、熟女エンコーを始めるまでは、それほど頻繁にしていたわけではなかった。しかし、気持ちがいいセックスをするとオナニーがしたくなり、オナニーをしたあとの淋しさがまた激しいセックスへと向かわせる。快楽の無間地獄に落ちてしまったような状況なのだ。

「やらないと先に進めませんよ」

宇佐美は服を脱ぎはじめた。ブリーフまで一気に脚から抜いて、長大なペニスが勃起しているのを見せつけてきた。天狗の鼻のように前に突きだしている。ごくり、と彩香は生唾を呑みこんでしまった。

「先生のいやらしいオナニーを見れば、もっと反り返りますから。反り返してほしいんでしょ？　いいところにあたるから……」

「いっ、意地悪っ！」

彩香は顔をくしゃくしゃにして言うと、右手を股間に伸ばしていった。腕も手も指も震えていた。排泄と同様、自慰は人に見せていいものではない。たとえ肉体関係を結び、恥ずかしいところをさらけだした相手でも、越えてはいけない一線というものがあるはずだ。

それでも、宇佐美がやれというのならやるしかなかった。長大なペニスを入れてほしかった。いや、宇佐美とエンコーをするようになって、彩香は大変なことに気づいた。宇佐美はサディストではないらしいが、自分にはマゾッ気があったことを認めないわけにはいかなかった。意地悪をされたり、辱めを受けて涙ぐんでいても、下半身はメラメラと燃えている。

「あああっ……」

花びらに触れると、いやらしい声がもれた。自分でも引くほど濡れていた。下着越しに触られていただけなのに……。

指を動かした。いつもは自分を焦らすようにまわりから触っていくのに、いきなり中指でクリトリスだ。花びらの合わせ目に指を伸ばせば、大量に漏らした蜜が指にからみついてきた。それを潤滑油にしてひらひらと指を踊らせる。クリトリスが硬く尖っていく。痛烈な快感に身をよじらずにいられない。

「いやらしいな、先生」

宇佐美がククッと喉を鳴らして笑った。

「教師のくせに、自分で自分のオマンコいじっていいんですか？　しかも人前で。いつも教室でいじめている生徒の前で……」

「いっ、言わないでっ！　言わないでっ！」

彩香は叫んだ。薄眼を開けると、鏡越しに視線が合った。宇佐美の長大なペニスは、臍を叩く勢いで隆々と反り返っていた。

4

「言わないわけにはいかないですよ……」

宇佐美は彩香の真後ろにいた。両脚でベンチを挟んで立っているので、脚を閉じることができない。後ろからでも性器が見えているはずだった。花びらの間を指でいじりまわすと、ぴちゃぴちゃと猫がミルクを舐めるような音がたった。宇佐美の視線を感じて、ひときわたくさんの蜜があふれてくる。

「生徒の前でオマンコいじりまわす女教師がこの世にいていいんですかね？　ねえ、どうなんですか？」

尻の双丘を両手でつかまれ、ぐいっと左右に割られた。彩香はそのとき、指先をヌプヌプと肉穴に入れていた。恥ずかしかった。煙のように消えてしまいたいくらいだったが、それほどの羞恥（しゅうち）を感じているのに指を抜くことができない。むしろさらに深く埋めて、ぐちゃぐちゃと搔（か）き混ぜてしまう。強烈な恥ずかしさが、興奮の炎に油を注ぎこんでくるからだ。

イッてしまいそうだった。

このまま自慰でイケば、宇佐美は言葉の限りを尽くして彩香を罵倒してくるだろう。恥知らずだのなんだの、執拗にいじめ抜かれるに違いない。

いじめ抜かれたかった。せっかくSM専用のホテルにきたのだから、それっぽいことをされてもよかった。痛くされるのは嫌だけど、恥ずかしい格好で縛られたり、縛られたまま電マでイカされたり、そういうことなら……。

「ああっ、ダメッ……ダメよっ……もっ、もうイキそうっ……わっ、わたし、イッちゃいそうっ……」

ひときわ激しく指を動かし、淫らなまでに尖った肉芽を痛烈に撫で転がしはじめたときだった。

「いっ、いやあああーっ!」

彩香は驚いて振り返った。たぶん、尻尾を踏まれた猫のような顔をしていたと思う。突きだしたお尻に異変が起こったからだった。

ぐいっとひろげられている尻の桃割れ——宇佐美がそこを舐めはじめたからだった。女の花ではなく、その上にあるアヌスを……。

「やっ、やめてっ……舐めないでっ……そんなところをっ……」

涙声で訴えても、宇佐美は非情なまでに冷たい声を返してきた。

「いいから前向いてオナニーを続けてください。人前でオマンコいじっちゃうような変態教師には、尻の穴を舐められるのがお似合いですよ」

「あああっ……あああっ……」

禁断の排泄器官を舐められ、彩香はあえいだ。指技が繊細な宇佐美は、舌技もまたそうだった。お尻の穴の細かい皺を、尖らせた舌先で一本一本丁寧になぞってきた。そうかと思えばすぼまり全体をペロペロと舐めまわす。

「先生のお尻の穴、とってもくさいですよ。こんなにくさいところを男に舐めさせるなんて、マジで変態だな、先生……」

「やっ、やめてっ……やめてくださいっ……お願いっ……」

涙ながらに哀願しつつも、彩香は中指でクリトリスをいじりつづけた。お尻の穴に生温かい舌を感じたときは、くすぐったかった。だが、クリトリスをいじっていると、次第に気持ちよくなってきた。アヌスを舐められるのも気持ちがいいが、舐められながらだとクリトリスはもっと気持ちいい。

「くっ、くぅうう―っ！」

尖らせた舌先が、お尻の穴に入ってきた。不浄な排泄器官にもかかわらず、宇佐美に遠慮はなかった。ドリルと化した舌先でほじくられ、穴の内側を舐めまわされる。気が遠くなりそうな快感が押し寄せてきて、彩香は夢中で指を動かした。

今度こそイキそうだった。

顔をあげて前を見れば、お尻の穴に舌を差しこまれている女が、自分で自分を慰めながらひぃひぃと喉を絞ってよがっていた。最低だった。いくら顔立ちが綺麗でも、スタイル抜群でも、この女は恥知らずだ。

それでもやめられない。鏡越しに恥知らずな女と見つめあいながら、クリトリスをいじる中指の動きに熱をこめていく。尻の穴に埋まっている生温かい舌を感じながら、オルガスムスに向けて助走を始める。

「うっ、宇佐美くんっ……先生イッちゃいそうっ……お尻の穴を舐められながらイッちゃいそうっ……イッ、イッていい？　イッても先生を軽蔑しない？」

宇佐美から言葉は返ってこない。舌先がアヌスに入っているからしゃべれないのだ。だが、言葉を返すかわりに、舌先を出したり入れたりしてきた。ピストン運動だ。アヌスの内側にヌメヌメした舌がこすれる。

「あああっ……ダッ、ダメッ……もうダメッ……イッちゃうっ……もう我慢できないっ……イッ、イクウウウウーッ！」

反らした腰を激しく上下させて、彩香は果てた。ぶるぶるっ、ぶるぶるっ、とヒップを揺らしたので、アヌスに埋まっていた舌が抜けたが、かまっていられなかった。自慰による絶頂感は、セックスのそれと比べて長く持続しない。つまり、すぐに自己嫌悪が訪れる。目の前の鏡には、お尻の穴を舐められながら自慰で果てた最低の女が映っている。

宇佐美が彩香の前にやってきた。彩香は反射的に顔をそむけた。意地悪されるのも辱められるのも覚悟の上だったが、いまだけは顔を見られたくない。

宇佐美は顔をのぞきこんでこなかった。臍を叩く勢いで反り返っている長大なペニスで、彩香の口唇を穿(うが)ってきた。

「ぅんっ、ぅんぐうううううぅーっ！」

いきなり先端が喉のいちばん奥まで届き、彩香は悶絶した。

宇佐美は両手で彩香の頭をつかみ、

「自分ばっかり気持ちよくなってずるいじゃないですか、先生。僕のことも気持ちよくしてくださいよ」

言いながら、腰を使いはじめた。長大なペニスで口唇にピストン運動を送りこんできた。

「ぅんぐっ！　ぅんぐっ！」

喉奥をえぐられながら、彩香は必死に宇佐美を見上げようとした。もう少しやさしくやってほしかった。宇佐美のやり方は、顔ごと犯すような勢いなのだ。憎しみ抜いた女教師の顔面を崩壊させてやるとばかりに、ぐいぐいと腰を振りたてる。

「うんぐっ！　うんぐうううーっ！」

息ができなかった。苦しさのあまり、両眼からは涙があふれだした。それでも宇佐美は許してくれない。

次第に意識が遠くなってきた。頭の中に霞がかかって、このままでは失神すると思った。いっそ失神したかった。苦しくて涙がとまらない。

とはいえ、いつものことだと言えばいつものことだった。ここまで激しいイラマチオをされたのは初めてだが、宇佐美は自分をいじめ抜いた女教師によく似た彩香をいじめ抜き、暴君のように振る舞っていても、突然豹変する。それはたいていフェラチオのときで、「ごめんね、先生！」と泣きながら謝ってくる。憎悪の対象である女教師は、恋い焦がれた初恋の相手でもあるからだ。

しかし、今日に限ってなかなか豹変してくれない。長大なペニスでピストン運動を送りこんでくるばかりで、涙を流しながらすがるように見上げても、鬼の形相で睨み返される。

　これは本当に失神する——そう思った瞬間、口唇からペニスが抜かれた。

「あああああっ……」

　すぐには閉じることのできなくなった口から大量の涎を垂らしている彩香にお詫びの言葉もないまま、宇佐美は再び後ろにまわりこんできた。

「今日という今日は、先生に失望しました。まさか尻の穴を舐められながらオナニーでイッちゃうなんて……そんな女に恋をしてたなんて、中学時代の自分をぶん殴ってやりたい……」

　言いながら、濡れた花園に巨根の切っ先をあてがってくる。彩香の腰を両手でがっちりつかみ、狙いを定める。

　ベンチにまたがっての立ちバック——ずいぶんと変則的な体位だった。彩香は女にしては背が高く、宇佐美は身長一六〇センチにも満たないから、膝を曲げてやらなければならない。目の前の鏡に、ガニ股のようになって男を迎え入れようとしている自分が映っている。恥ずかしがっている暇はない。すぐに宇佐美が中に入ってきた。ずぶずぶと……。

「はっ、はぁうううううーっ！」

彩香は眼を見開いて叫んだ。宇佐美の長大なペニスは、入れられただけで気持ちがいい。突きあげられなくても、先端が子宮にあたっている。亀頭と子宮がぶつかった瞬間、体の内側で火花が散り、それが全身に波及して紅蓮の炎に包みこまれる。

「いやらしいな、先生……」

宇佐美の両手が彩香の胸に伸びてきた。

「先生のオマンコの締まりは暴力的だ。食いちぎられちゃいそうだ……」

濃紺のタイトスーツの、上着のボタンをはずす。白いブラウスの前も割っていく。パールピンクのブラジャーが剝きだしにされると、カップの上側を強引にずりさげて乳首を露出させられた。

「あぁうううーっ！」

左右の乳首をつままれると、彩香は悲鳴をあげた。宇佐美の腰はまだ動きだしていない。かわりに、彩香の腰が動いてしまう。立ちバックの体勢にもかかわらず、大胆に腰をひねってヒップを宇佐美に押しつける。

「いやらしいな！」

宇佐美がブラジャーごと双乳を揉みくちゃにしてくる。乳首をひねりあげてくる。彩香は甲高い声をあげてよがりによがった。痛いくらいの刺激が、いまはたまらなく心地いい。

ふたつの胸のふくらみを愛撫していた宇佐美の手が、腰に戻った。いよいよピストン運動が始まる、と彩香は身構える。身構えたところで、それが始まってしまえばなす術はない。

「はっ、はぁあうううううーっ！」

ずんずんっ、ずんずんっ、と長大なペニスで連打を放たれると、喜悦の波に翻弄され、泣き叫ぶことしかできなくなった。鏡に映った自分の姿に絶望しつつも、眉根を寄せ、小鼻を赤くし、唇をＯの字に開いてあえぎにあえぐ。

「ちょうだいっ！　もっとちょうだいっ！」

「いやらしいな、先生」

「そうなのっ！　先生いやらしい女なのっ！　いやらしい先生をもっと突いてっ！　あああああっ……メチャクチャにしてえええーっ！」

早くもイキそうだった。イキたくてたまらなかった。しかし、そのままオルガスムスに駆けのぼっていくことはできなかった。

どういうわけか、宇佐美がピストン運動を中断したからである。

「ううう っ……あああっ……」

彩香は絶頂を逃したもどかしさに身をよじりながら、ハアハアと息をはずませた。

5

「メチャクチャにしてほしいんですね、先生」

宇佐美が低い声で言った。バックスタイルで繋がっていても、目の前が鏡なので視線は合っている。

「しっ、して……メチャクチャにして……」

彩香は鼻にかかった甘い声でささやいた。潤みに潤んだ両眼を細め、できる限りセクシーな表情で……。

「わかりました」

宇佐美がうなずいて腰の動きを再開する。とはいえ、先ほどまでのような連打ではなく、腰をグラインドさせてはゆっくりと抜き差しする感じだ。なにしろペニスが長大だから、それでも気持ちがいいのだが……。

「メチャクチャにしてあげますよ、先生」

ゆっくりと抜き差しをしながら、宇佐美はなにかを見せてきた。卵形をした薄ピンク色の物体を、右手に持っているのが鏡に映っている。

彩香は一瞬、それがなんだかわからなかった。薄ピンク色の物体には、くちばしのようなノズルがついていた。まさか……。

アヌスに違和感を覚え、彩香の呼吸はとまった。ノズルが入ってきたのだ。先ほど執拗にアヌスを舐め、舌まで差しこんできた理由がようやくわかった。ノズルをスムーズに挿入するためだったのだ。

「ひっ！」

下腹の内側に冷たい液体が注ぎこまれてきた。

薄ピンクの物体の正体は、イチジク浣腸（かんちょう）だった。

「なっ、なにをするの？」

彩香の声は滑稽なくらい震えていた。呆然とした表情で、鏡越しに宇佐美を見た。宇佐美は涼しい顔で、潰れた薄ピンクの物体を床に投げ捨てる。

セックスに浣腸を使う変態性欲者がこの世に存在することくらい、彩香でも知っていた。しかし、自分は変態ではない。ごく最近、マゾっ気があったことを自覚したけれど、浣腸プレイで刺激を得るようなレベルではない。そんなもの一生無理に決まっている。

だが、入れられてしまった。冷たい液体が下腹の中を逆流し、ほんの数秒でゴロゴロいいだした。

「トッ、トイレにっ……はぁううっ！」

不意にピストン運動のピッチがあがり、彩香は言葉を継げなくなった。

「メチャクチャにしてほしいんでしょ、先生」

宇佐美が悠然としたピッチでリズムを送りこんでくる。勃起しきった長大なペニスは子宮に悠々と届いており、そこに連打を浴びるとすさまじい快感が押し寄せてくる。たたみかけるような勢いで……。

「ああっ、ダメッ……ダメようっ……」

しかも、先ほどまでより密着感が高まった。オーバーサイズの巨根をねじりこまれ、ただでさえキツキツだったのに、輪をかけて食い締めている。

粗相があってはいけないと、アヌスを締めているからだった。アヌスとヴァギナは8の字の筋肉によって繋がっている。後ろの穴を締めれば前の穴も締まるのである。

「気持ちよさそうですね、先生。たまらないでしょ、セックスしながら浣腸されるのは」

再び肛門に違和感があった。冷たい液体が下腹の中に入ってきた。二本目の浣腸を注ぎこまれたのだ。

「やっ、やめてっ！　なんのためにそんなことっ！」

顔中から汗が噴きだしてくるのを、彩香は感じていた。便意をこらえる脂汗、そして、恐怖に戦慄する冷や汗だ。

「先生を気持ちよくするために決まってるじゃないですか」

「そんなこと言って……トッ、トイレに行かせてくれないと大変なことになるわよ」

「僕はいいですけどね、大変なことになっても」

言いながら、ずんずんっ、ずんずんっ、と子宮を突きあげてくる。

「あああっ……ダメよっ……そんなに激しく動かないでっ……とにかく一度、トイレに行かせてっ！」

彩香はイッてしまいそうだった。だが、イッてしまえばおそらく、便意をこらえることもできなくなる。大惨事が待ち受けている。死にも勝るような、赤っ恥をかかされる。

「ねっ、ねえ、宇佐美くんっ……」

鏡越しにすがるような眼を向ける。

「お願いだからトイレに行かせてっ……そうしたら、宇佐美くんの言うこと、なんでも聞いてあげるっ……なんでもしてあげるから、だからっ……」

「要するに、大変なことにならなきゃいいわけでしょ」

宇佐美は不敵に笑い、鏡越しになにかを見せてきた。ローターだった。先ほどまで彩香のショーツの中に入っていた、無線式のやつだ。

「これで栓(せん)をしとけば、大丈夫じゃないですかね」

「ああああっ……あおっ！　あおおおおおおーっ！」

アヌスが拡張され、むりむりとローターが入ってくる。さらに次の瞬間、ぶるぶると振動しはじめた。信じられなかった。

「おおっ、響く、響く。振動がチンポまで……」

「やっ、やめてっ……やめてちょうだいっ……ああああああーっ！　はぁああああああああーっ！」

やめてと言いつつも、彩香は手放しでよがり泣いた。あまりの屈辱に涙を流しているのに、それを凌駕(りょうが)する勢いでひいひいと喉を絞っている。

宇佐美が怒濤の連打を開始したからだ。パンパンッ、パンパンッ、と尻を打ち鳴らし、フルピッチで抜き差しをする。

貫かれている、と彩香は感じていた。普通サイズのペニスであれば、入っている、という感覚だ。巨根の存在感がありすぎて、そのうち口から飛びだしてくるのではないかとさえ思った。

お腹の中はゴロゴロ、ぐるぐるしつづけていた。強烈な便意に、顔中が脂汗にまみれきっている。

ローターでアヌスに栓をされたので、大惨事への不安は多少やわらいだが、そのローターもまた、ぶるぶるっ、ぶるぶるっ、振動していた。

そこに、巨根による怒濤の連打である。ローターの振動が伝わって気持ちがいいのか、宇佐美はいつになく一打一打に力を込めて突いてくる。

もう、なにがなんだかわからなかった。たしかなことはたったひとつ、迫りくるオルガスムスが、いままで経験したことがないようなものになりそうだということだけだった。

「イキそうですか、先生？」

宇佐美が突きあげながら訊ねてきた。彩香は獣じみた悲鳴を撒き散らしてよがるばかりで、言葉など返せなかったが、指摘は間違っていなかった。

「僕もイキそうですよ。先生のオマンコが気持ちよすぎて」

「ううう……あああーっ！」

彩香はほとんど泣きじゃくっていた。

「だっ、だったら早くイッてっ！　中で出してっ！　わっ、わたしっ……わたしもうっ……がっ、我慢できないいいいいいーっ！」

渾然としていたすべての刺激がひとつにまとまり、強烈な光を放った。

「イッ、イクッ……もうイッちゃうっ……イクイクイクイクイクッ……はっ、はぁおおおおおおおおーっ！」

ビクンッ、ビクンッ、と腰を跳ねあげて、彩香はオルガスムスに駆けあがっていった。頭の中が真っ白になった。眼を見開いているのに、なにも見えなかった。ただ体中の肉という肉が、歓喜の痙攣を起こしていることだけを感じていた。

「だっ、出しますっ！　僕も出しますっ！」

宇佐美が叫ぶ。

「おおっ……出るっ！　出るううぅーっ！」

ずんっ、と最後の一打が打ちこまれ、巨根がドクンッと震えた。

「はっ、はぁあああああーっ！」

彩香は衝撃のあまり、白眼を剝きそうになった。ダラリと舌も出し、大量の涎を垂らしていた。快楽の嵐に視覚を奪われていなければ、鏡に映った自分を見て死にたくなったに違いない。

「イッ、イクッッ……イクイクイクイクッ……続けてイッちゃううう一っ！」

ドクンッ、ドクンッ、と中で放出される刺激が、たまらなく心地よかった。便意は相変わらず凶暴に下腹を痛めつけているし、アヌスに埋められたローターは機械的に振動している。

それらを忘れてしまうほど、中出し射精の刺激は強烈だった。

6

水を流してトイレから出た。

服を脱がされたわけではなかったので、彩香は濃紺のタイトスーツ姿だった。洗面所の鏡で乱れがないことを確認してから、部屋に戻った。

全裸になっていた宇佐美は、この手のホテルに常備されている薄っぺらいバスローブを着て、ソファに座っていた。呆けたような顔で天井を見上げていたが、彩香がトイレから出ていくと、すかさず立ちあがって近づいてきた。

「なに？」

彩香は眉をひそめ、後退った。

「愛の抱擁がしたいんですが……」

「いまはやめて」

トイレから出たばかりだった。イチジク浣腸を二本も注入されたので、自分でもびっくりするくらい大量に出した。全身に嫌なにおいがまとわりついていそうだった。

「もう一回したいなら、シャワー浴びてくるけど……」

「僕は気にしませんから」

宇佐美が強引に抱きついてくる。聞き分けがない男なので、彩香はしかたなく身を預けた。

「怒りましたか？」

宇佐美が不安げに訊ねてくる。

「べつに。いつものことでしょ」

彩香はそっけなく答えた。浣腸をされたのは初めてだが、宇佐美が暴君のように振る舞うのも、小道具を使ったセックスをしたがるのも、いつものことだ。

「ごめんなさい」

「だからべつにいいって……」

「いつもごめんなさい」

宇佐美はまぶしげに眼を細めて彩香を見た。

「好きなんです」

「知ってるわよ、先生が初恋の人なんだもんね」

「彩香さんのことがです」

「……えっ？」

彩香は思わず宇佐美を二度見してしまった。「彩香さん」と呼ばれたのは、たぶん初めてだ。

「最初は先生にそっくりだからエンコーしましたけど……いまは、僕のおかしな妄想に付き合ってくれる彩香さんが大好きです。怒ると怖そうな顔してるのに、絶対怒らないいし」

「お金もらってるからでしょ」

「それだけですか？」

宇佐美が見つめてくる。

「たしかに、僕はお金払って彩香さんの時間を買っている立場ですけど、そういう状況でだって人を好きになることはあると思うんです」

「……どうかしらね」

「彩香さん」

抱擁が強まった。

「好きです」

彩香は眼を泳がせた。

「……わたし既婚者だし」

「そんなの関係ないですよ。好きって気持ちが大事なんです。僕だって人の家庭を壊したくなんかない。でも、好きでもなんでもないのに、彩香さんがあんなにイキまくっているとも思いたくない」

彩香はふーっと深い溜息をもらすと、

「宇佐美くん」

見つめあってささやく。

「わたしも好きだよ」

宇佐美は相好を崩した。お互いがお互いに吸い寄せられるように、唇を重ねた。すぐに口を開き、舌と舌とをからめあう濃厚なディープキスになっていく。

好きというのは嘘ではなかった。そういう気持ちが多少はなければ、いくらお金のためとはいえ、何度も会うことはない。ハードなプレイにだって付き合わない。

とはいえ、彩香には打算があった。

好きだと言ってやったほうが、これから始まる二回戦が甘い雰囲気になるだろうと思ったのだ。宇佐美が「彩香さん」とささやきながら抱いてくれるところを想像すると、先ほどの余韻でまだ疼いている女の花が、早くも熱い蜜を漏らしはじめた。

第六章　京成線の女（2）

1

「ふーっ」

　青りんごサワーを渇いた喉に流しこんだ紀恵は、深い溜息をついた。疲れていた。しかし、少し前までと違って、いまの疲れはどこか爽快だ。根をつめて事務仕事に勤しんでいただけではなく、そのあとに体を動かして汗をかいている。

　ここはＪＲ鶯谷駅の駅前にある安居酒屋だ。なにを注文してもあまりおいしくないかわりに、サワー類は三百円均一。鶯谷のラブホテルでエンコーしたあとは、いつもこの店でクールダウンしてから家路に就く。

今日のエンコー相手は、大学三年生の体育会系。柔道をやっているとかで、耳が餃子(ぎょうざ)のように潰れているのが怖かったが、セックスはやさしかった。やさしくてパワフルだ。射精するときなど雄叫びをあげていた。テクニックもスタミナも、当たりの部類に入ると言っていい。

もう夏だ。

紀恵が熟女エンコーに足を踏みだしてから、二カ月が経(た)とうとしていた。その間に、だいたい十二、三人の若い男と寝た。最初は不安に思っていたが、セックスは悪くなかったし、帰り際に感謝の言葉を口にされると、胸が熱くなった。どういう状況であれ、人に感謝されるのは嬉しいものだ。

ただ……。

残念ながら、エンコーを始めた当初の目的はまだ果たされていなかった。十二、三回もやってみてダメなのだから、この先もあまり期待できそうにない。

紀恵はお金が欲しくてエンコーを始めたわけではなかった。

セックスが目的でもない。

夫の浮気現場を目撃してしまい、もやもやした気分を女子高生時代からの親友

に吐露したところ、

『あんたも浮気すればいいじゃない』

　と返された。

　浮気夫にどれだけ謝られたところで、結局は許すことができない。ならばこちらも浮気をすれば、お互い様ということで、許すことはできなくても怒りは鎮まるのではないか——仁美の意見には説得力があった。たしかに、なにがあっても夫を許すことはできそうにないので、必要なのはアンガーマネージメントなのかもしれなかった。こちらも隠れてこっそり浮気をし、裏で夫を出し抜いてやれば、とりあえず乱れた感情はおさまってくれるかもしれないと期待した。

　しかし、人の感情とは複雑なもので、思惑通りにはいかなかった。

　若い男とのセックスは期待以上によかったが、感情の乱れはまるでおさまってくれないどころか、ますます乱れていった。夫のことが憎くてたまらず、顔を見るだけで虫酸が走る。そんな男と枕を並べて寝ている自分も、馬鹿というか愚かというか、虫けら以下の存在に思えて泣けてくる。

　人間、自分で自分を嫌いになるほどつらいことはない。紀恵は基本的に楽天的な性格で、自分の失敗も他人にかけられた迷惑も、たいていのことは笑い飛ばして終わりにするほうだった。

だがこれだけは、夫に裏切られた屈辱だけは、どうしても笑い飛ばせない。

離婚しかないな、もう……。

三杯目の青りんごサワーを飲みながら、ぼんやりと思う。それはもはや、紀恵の中では既定路線だった。夫の和義は、いまだ浮気を続けている。ミニスカートに生脚で街を闊歩しているギャルに夢中なのである。

証拠はつかんであった。

紀恵にはいま、手下のように使える若い男がふたりいる。

最初のエンコー相手、幹也と省吾である。あのときはうっかりダブルブッキングしてしまい、お詫びに無料で3Pをしたのだが、もう一度3Pがしたいと頭をさげてきた。もちろん、今度はお金を払うという。

紀恵は困ってしまった。あれはイレギュラーな出来事だし、3Pは体力的に疲れるからと断っても、どうしてもお願いしたいと執拗に迫ってきた。

アメフト部の幹也とゲームマニアの省吾は真逆のキャラクターで、出会ったときなど喧嘩になりそうだったのに、3Pを通じて友情が芽生えてしまったらしい。一度、ふたり揃って会いにきた。紀恵の終業後、浅草にある個室居酒屋で食事をした。

「どうしてそんなに3Pがしたいわけ？」

紀恵は眉をひそめて訊ねた。

「ひとりずつでいいんじゃないかなあ。そっちのほうが普通でしょ」

「普通じゃないから燃えるんじゃないですか」

省吾がメガネの奥の眼を光らせ、

「俺、セックスであんなに興奮したの初めてですよ」

幹也が腕組みをしてうなずく。

「紀恵さんだって興奮してたでしょ？」

「絶対してましたよ。ふたりがかりで愛撫されたほうが気持ちいいはずだし、気持ちよがってる女を抱くのは男にとって至福だし……」

「たしかにね……そういうところはあるけど……」

興奮し、気持ちがいいことは間違いないが、だからこそ3Pは疲れるのだ。それに、快感が倍増なら、恥ずかしさも倍増なのだ。とくに、どちらかがプレイに加わっていない場合がきつい。若い男にイカされている姿を、まじまじと見られるのは……。

「気持ちいいならいいじゃないですか、な」

「同じ時間で倍額稼げるわけだし、コスパも最高」

幹也と省吾が眼を見合わせて笑う。まだ若いのに、スケベオヤジのような卑猥な笑い方だ。

もはや説得は不可能と判断した紀恵は、彼らにひとつ条件を出した。

夫の尾行である。

浮気の証拠を集めるためにいずれ探偵を雇おうと思っていたのだが、思ったよりもお金がかかりそうだった。エンコーをしているのでお金がないわけではないのだが、エンコーで稼いだお金をそんなことに遣いたくない。

「どうかな？　夫の浮気の証拠をつかんでくれたら、3Pしてもいいけど」

「ふふっ、おまかせください」

「いやー、実は俺、昔から探偵って憧れの職業だったんですよねえ」

幹也と省吾は満面の笑みでうなずいた。ふたりが張りきっていたせいもあるだろうが、一週間ほどで成果は出た。ふたりが張りきっている以上に、夫の和義は調子に乗っているようだった。

ほとんど毎日、会っていた。上野のラブホテルに入ったのは例外的な行動だったらしく、たいていひとり暮らしをしている若い女のアパートの部屋でセックスしていた。省吾はその手のグッズに詳しいらしく、盗聴器を使って情事の様子を録音してきた。女のあえぎ声はともかく、聞くに耐えない会話のやりとりがけっこうクリアに録音されていて、紀恵は本気で頭が痛くなった。

しかも、ただのセフレという感じではなく、普通のデートもしている。

一緒に遊園地に行っている画像には呆れ果てたし、夜の路上でキスをしている画像には開いた口が塞がらなくなった。路チュウである。三十五歳なのに四十歳くらいに見えるただのおじさんが、路チュウ……。

「大丈夫ですか、紀恵さん」

「手、震えてますよ」

幹也と省吾が心配そうな顔で言った。尾行の報告を受けるため、浅草の個室居酒屋に再び集まったのだが、レモンサワーのグラスを持つ手が震えていた。中の氷がガチャガチャと音をたてていたが、飲まずにはいられなかった。グラスを呷(あお)るときも手が震えていたので、レモンサワーが喉を濡らした。

許せない……。

不倫である。世間から後ろ指を差されることをやっているのだから、せめて人目を避けてこそこそと付き合うのが筋ではないだろうか？　それがこんなにも堂々と恋愛を謳歌しているなんて……。

もはやただの離婚では気がすまなかった。

慰謝料はたっぷり請求するつもりだが、お金の問題でもない。

「ねえ……」

紀恵は眼を据わらせて、幹也と省吾を見た。

「これからそのへんのホテルで３Ｐしましょうか？」

「えっ？」

「マジすか？」

幹也と省吾は色めき立った。今日は尾行の報告を受け、食事をするだけという約束だったからだ。いくらなんでも、夫の浮気の詳細を知ったあとに、いやらしい気分になんてならないだろうと思ったからだが、逆に3Pでもしなければやっていられない気分になった。

「でもその前に……」

紀恵は声を低く絞った。

「ちょっとアイデア会議をしたい。わたしはね、こんな屈辱を受けたの初めてなの。もうただ離婚するだけじゃ気がすまない。この男に……」

スマホの画面に映っている夫を指で差した。遊園地で若い女と腕を組み、高笑いしている画像だった。紀恵は歯噛みをしながらぐりぐりと指で押した。

「この男に、生まれてきたことを後悔するような赤っ恥をかかせてやりたい。どうしたらいいと思う?」

幹也と省吾は眼を見合わせ、知恵を絞りはじめた。

2

「ねえ、あなた」

紀恵は夫の和義に声をかけた。夫はリビングのソファでテレビを観ていた。

「これからちょっと付き合ってくれない？」

土曜の正午だった。紀恵の勤め先である学習塾は土日も稼働しており、紀恵は出勤になることが多いのだが、有休をとった。

「付き合うってどこに？　僕、仕事だから一時に出るよ」

和義が呑気に答える。

嘘をついていることはわかっていた。偶然だが、夫が雇われ店長をしている上野のファミリーレストランで、幹也の後輩がアルバイトしていた。彼を通じて夫のシフトはすべて筒抜け、今日のシフトに入っていないことは判明しているのだ。

そして、仕事でもないのに土曜の昼間に出かけるとすれば、若い女とのデート以外にあり得ない。

「いいじゃない？　用事は五分で済むし、上野だから。お店にいく途中にちょっと寄るだけ」

「なんなんだよ、もう」

夫は渋い顔で立ちあがって出かける準備を始めた。

渋い顔なのは、夫が本当に行く予定なのが勤務先ではないからだろう。女の家に直行するなら北千住——幹也と省吾がすでに特定していた。あるいは、どこかで待ち合わせてまたぞろ遊園地にでも繰りだすつもりか？

うわあっ……。

支度を整えた夫を見て、紀恵はもう少しで怒りの形相になるところだった。なんとか微笑はキープしたが、頬が思いきりひきつっていたはずだ。

見たこともない半袖シャツを着ていた。色は赤で、袖口に小さくバーバリーのロゴが入っている。服なんてなんでもいいが口癖で、スーパーの安売りで買っていたような人なのに、ブランドものの真っ赤なシャツ……。

十二時半に家を出て、堀切菖蒲園駅まで歩いた。

下町の景色が眼に染みる。荒川が近いから風が強いし、トラックの通り道だから空気がほこりっぽいし、煤(すす)けてもいれば殺風景でもあるけれど、懐かしい感じがするところがいい。

紀恵にとっては、子供のころの思い出が染みこんでいるから懐かしくて当然なのだが、初めて訪れた人でも懐かしいと感じるのではないだろうか?

街を歩けばそこここに、ノスタルジックなアイコンを見つけることができる。古い木造モルタルの家、昭和のジュースのブリキの看板、ラッパを吹きながら売りにくる豆腐屋さん、店頭でおでんを煮ている練り物屋さん……。

紀恵は誰になんと言われようと、京成線沿線を愛していた。

最近気づいたことなのだが、最初から期待値が低いので、期待を裏切られることがないのだ。

夫の和義とは、小学校からの幼馴染みだった。見た目がいいわけではないし、高給取りでもないけれど、いつも穏やかでやさしい。なにより、安心感がある。馴染みのお店に入ったときのようにくつろげる。

結婚に際して、紀恵は和義に過度の期待を抱かなかった。最初にあまり期待しなければ、失望することもないだろうと思ったからだ。京成線沿線をこよなく愛する自分には、そういう愛し方が合っていると思っていた。

なのに……。

和義は裏切った。

期待をしていなかったのに、人生でいちばん失望させられた。

絶対に許さない。


終点の京成上野駅で電車を降り、御徒町（おかちまち）方面に向かって歩きだした。

「しかしさあ……」

夫が紀恵の装いをしげしげと眺めて言う。

「なんだか喪服（もふく）みたいな格好だね」

赤シャツの人に言われたくないわよ、と紀恵は胸底でつぶやいた。

とはいえ、夫の指摘は的はずれではない。

その日、紀恵は黒いワンピースを着ていた。まさに喪服のつもりで着てきた。

今日が結婚生活のお葬式になるだろうと思ったからである。

「おいおい……」

目的の場所に着くと、夫は呆れたように溜息をついた。

「まさかここに来たかったのかい？　これから仕事だっていうのに、セックスなんてできるわけないじゃん。だいたいここ、僕の職場の眼と鼻の先だよ。こんなところ誰かに見られたら……」

「夫婦なんだからべつにいいじゃない」

「どうしちゃったんだよ？　夫婦だからってさ、ラブホに出たり入ったりしてるところを見られるのは恥ずかしいじゃないか」

「入りましょうよ」

紀恵は口許に笑みを浮かべて言った。もちろん、眼は笑っていなかった。ここは夫の浮気を最初に見つけたホテルだった。用途に適した部屋があるようなので、夫にトドメを刺す場所は迷わずここに決めた。

「あのさあ。僕はこれから仕事だって……」

「中で桜井里菜ちゃんが待ってるわよ」

「えっ……」

夫はさすがに驚いたようだった。こんなに眼を見開いている夫の顔を見たのは初めてだ。

紀恵はかまわず入っていった。手元しか見えない受付の人に、パーティルームの利用者だと告げてエレベーターに乗りこんだ。

「おっ、おいっ……」

夫があわてて追いかけてくる。閉まりそうだった扉を手でとめて、体を横にしてゴンドラに乗りこんできた。

「どっ、どういうことなんだ？」

「今日仕事なんて嘘でしょ」

夫は絶句している。

「なんならお店に電話して確認してもいいけど」

エレベーターが目的の階に到着したので、紀恵は降りた。夫もついてくる。パーティルームの扉をノックすると、幹也が開けてくれた。

「どうぞ」

紀恵に微笑んでから、

「桜井里菜ちゃんもお待ちですよ」

夫を軽く睨んで言う。

パーティルームと名付けられたその部屋は、十名まで利用可能な広々としたところだった。円形のソファがあり、ダブルベッドがふたつ並んでいる。どう見ても乱交パーティをするための造りだ。

円形のソファに桜井里菜が座っていた。先立って画像を見ていたが、なかなかの美人さんだった。小顔で手脚が長い。茶髪にミニスカートでも下品にならない。肩を落とし、うなだれているのは、浮気の証拠を突きつけられたからだろう。

幹也と省吾が北千住にある里菜のアパートに行き、事情を説明して連行してくる段取りになっていた。

里菜の後ろには省吾が立っている。スマホを持っている。紀恵が眼顔で合図を送ると、省吾は音声データを再生させた。

『ああっ、たまらないっ……たまらないよ、里菜ちゃんのオマンコッ……』

夫の声だ。

『んんんっ、すっごいっ……すっごいっ……』

こちらは里菜らしき若い女の声。

『オマンコ、すごくいいかい？』

『いいっ！　いいっ！　和くんのオチンチン、とっても硬いっ……』

里菜が両手で顔を覆ってわっと泣きだし、

「とっ、盗聴かっ！」

夫が叫んだ。

「こんなことして許されると思ってるのか？　完全なる違法行為だぞっ！」

紀恵はスマホを取りだすと、

「許されるか許されないか、あなたのご両親に電話して訊いてみましょうか？」

「ぐっ……」

夫は唇を噛みしめた。

「それに、証拠は音声データだけじゃありませんから。遊園地行ったり、路チュウしている画像もあります」

スマホの画面を向けて見せてやった。

「たった一週間尾行しただけでこんなに証拠がつかめるって、あなたいったいどれだけ彼女に入れあげてるの？　ファミレスでバイトしている女子大生ですってね？　不倫がバレたらお店も馘（くび）ね」

「ちょ、ちょっと待ってくれ……」

　夫はうろたえきっている。

「そっちの言いたいことはよくわかった。話しあいをしよう……でもその前に、この人たちはいったいなんなんだ？」

　幹也と省吾を指差して言う。

「わたしのボディガードよ」

　紀恵が答えると、

「これから修羅場（しゅらば）になるでしょうからね……」

　幹也は分厚い筋肉を誇示するように胸を張った。

「不測の事態があってはならないと思いまして、同席させてもらってます」

　こういう場面で、体格のいい男は役に立つ。男と女の修羅場では、男は最終的に暴力で女を黙らせることができる。夫にＤＶを受けたことはないが、保険をかけておくに越したことはないだろう。浮気だってされたことがなかったのだから……。

「証人でもありますよ」

省吾がスマホをかざしながら言った。

「もっとも、あとから言った言わないにならないように、会話はすべて録音させていただきますけど」

ひょろい省吾に、体育会系男子の迫力はない。だが、妙にキレ者っぽいムードがあるので、夫は怯んでいる。

「まず、里菜さん……」

紀恵が声をかけると、

「ごめんなさい……ごめんなさい……ごめんなさい……」

里菜は嗚咽をもらしながら上ずった声をあげた。

「泣いたってダメだし、謝られても困るのよ。もう、そういう段階じゃないの」

紀恵は冷静に続けた。

「わたしはあなたに対して民事訴訟を起こして、しかるべき慰謝料を請求します。だいたい二百万から三百万円くらい。ご両親と相談しておいてね」

「そっ、そんなっ……」

だ。

里菜が呆然と眼を見開く。せっかく綺麗な顔なのに、涙で化粧がぐちゃぐちゃ

「そんなお金、払えるわけありません……うち、すごい貧乏で、大学だって奨学金を借りてアルバイトもして……」

「だったら、共犯者にでも出してもらえば」

紀恵は鼻で笑いながら夫を見た。

「もっとも、あなたに払ってもらうお金は桁が違いますからね。慰謝料に財産分与で千万単位、覚悟はできてるわね？」

「ちょっと待ってくれよ……」

夫は力なく首を振ったが、

「待ちません」

紀恵はきっぱりと言いきった。

「おまけにバイトの子に手を出したのがバレてお店は馘だから、今後の人生、ちょっとしたサバイバルゲームじゃないかしら」

「悪かったっ！」

夫はその場に土下座した。

「今回の件は、僕が全部悪かったっ！　申し訳ないっ！　勘弁してくれっ！」

それを見ていた里菜も円形のソファから立ちあがり、夫の隣で土下座する。亀のような格好で並んで震えているふたりを見ても、紀恵の気分は晴れなかった。ずいぶん仲良しなこと、とむしろ不快になったくらいだ。

「謝ってすむなら警察も裁判所もいらないでしょ」

冷たく言い放つ。

「わたしはね、こんな屈辱を受けたのは初めてなの……生まれて初めて！」

「すまなかった！」

土下座しながらすがるような上眼遣いを向けてくる夫は、正視しているのがつらいくらいに醜悪だった。

「どっ、どうすれば許してくれる？」

「許しませんよ。離婚します。慰謝料と財産分与はいただきます。会社にも伝えてしかるべき処分を受けていただきます。その子は民事で訴えます」

「頼むよ、ノリちゃん……」

結婚する前の友達時代、夫は紀恵のことをノリちゃんと呼んでいた。結婚してからもしばらくはそうだったが、やがてキミとかあなたになった。そう言えば、最近は呼ばれることさえない。

「でもね、わたしだって鬼じゃないから……」

声音をあらためて言った。

「離婚は確定としても、お金の件は少し手心加えてあげてもいい。里菜さんを訴えたってどうせあなたがお金を払うんでしょうから、彼女を訴えるのはやめてもいい」

「たっ、助かるよっ……おっ、お店のほうはっ……」

「それも黙っててあげてもいい」

夫は心底ホッとした顔をしたが、愚かな男だと紀恵は心の底から幻滅した。

「そのかわり、いまここでその子を抱いて」

「はっ？」

「わたしと、わたしのボディガードの三人がいる前でセックスしなさい。さっき聞かせてあげた音声みたいな、下品なこと言いあいながらね。ゲラゲラ笑ってあげるから。みんなの笑い者になって射精しなさい」

　三人で知恵を絞りあった、アイデア会議で出した結論だ。

「……冗談だろ？」

　夫が眉をひそめる。

「わたしが冗談を言う人じゃないって知ってるでしょ？」

「そんなこと、本気で……」

「拒否する権利はあるわよ。そんな馬鹿な真似はできないって言うなら、里菜さんの慰謝料も肩代わりすればいいじゃない。借金になると思いますけど。お店を馘になるのに大変ね」

　夫の顔がいまにも泣きだしそうに歪みきったときだった。その隣で、里菜が立ちあがった。赤と黒のチェックのミニスカートと白いカットソーを着ていた。それを乱暴に脱ぎ捨てた。さらにピンクオレンジのブラジャーとショーツまで取ってしまう。胸はそれほど大きくなかったが、モデルのように綺麗な体をしていた。色も白い。それを惜しげもなくさらけだして、夫の腕を両手でつかんだ。

「抱いて……ください……」

涙ぐみながら夫を見つめる。度胸のある女の子だと思った。あるいは、自分だけは助かりたいという保身のためか？

夫のほうはまだ決断がつかない。「いや……」とか「でも……」と口ごもりながら、何度も深い溜息をついている。

3

個室居酒屋で行なわれたアイデア会議でのことだ。

「言おうかどうしようか悩んでたんですけどね……」

省吾がメガネのブリッジを押さえながら言った。異様にレンズが分厚いので、メガネがずり落ちやすいのだろう。彼はその仕草を頻繁にする。

「ご主人の浮気相手である、この桜井里菜って女、けっこうな曲者（くせもの）なんですよ」

「と言うと？」

幹也が先をうながした。

「彼女の通っている大学に、高校時代の俺のツレがいる。そいつによれば、パパ活でけっこう派手に稼いでるらしいんだ」

幹也が眼を丸くする。

「もちろん噂だよ。この手の噂には尾ひれがつきやすいのも確かだ。でも、彼女に関してはかなり信憑性が高いって言うんだよな。パパ活用のLINEグループをもっていて、それに誘われたって女子が複数いるとか。それに加えて、新入生のときにサークル内で何股もかけてサークル自体をぶっ壊したなんて、男がらみのよくない話がボロボロ出てくる」

「サークルクラッシャーか」

「要するに、性格が悪くて股のゆるい女の典型ってわけ」

「なるほどね……」

紀恵はふーっと息を吐きだした。現代のパパ活は、かつてエンコーと呼ばれていた。同じ穴の狢（むじな）だったというわけだ。

「だから紀恵さんのご主人も、騙されている可能性がなきにしもあらず……」

「いやいやいや……」

幹也が苦笑まじりに首を振った。

「たとえ股のゆるいパパ活女子に騙されていたとしてもさ、ご主人が紀恵さんを裏切ったことに変わりないじゃないか」

「もちろんさ、だから俺も言うのをためらってた」

「そうね」

紀恵はうなずいた。

「ふたりのおかげで浮気の証拠がたくさん集まって……とくにあの音声データ。あんなの聞いちゃったら、どんな女だって百年の恋も冷めるわよ」

「いやいや、僕が心配してるのはご主人がパパ活女にお金を引っぱられてるんじゃないかってことで……」

省吾が言葉を継いだが、紀恵はすでにその先のことを考えていた。たしかに、決してモテるタイプとは言えない夫が女子大生と付き合っているなんて、金銭を介在させたパパ活でなければあり得ない、という気もする。

だが、夫婦共有の預貯金は紀恵が管理していた。夫が自分の小遣いをいくら騙しとられたところで、知ったことではない。

そんなことより、浮気相手はパパ活女子――同じ穴の狢ということは、情けをかける必要はないということだ。そんな女にまんまと騙されて鼻の下を伸ばしっぱなしの男と一緒に、赤っ恥をかいてもらうことにしよう。

「ねえ、立って……立ってよ、和くん」

里菜は夫の腕を取って引っぱっているが、

「和くんって言うな！」

夫はどうにも恥ずかしいらしく、顔を真っ赤にするばかりで立ちあがる気配さえ見せない。まったく意気地のない男だ。さっさと全裸になった里菜のほうが、よほど肝が据わっている。夫のほうは全裸の若い女に腕を引っぱられ、眼のやり場に困っている有様だ。

「じゃあ、もういいっ！」

里菜は叫ぶように言うと、夫に抱きついた。立たないなら寝かせてしまえというわけだ。

「ちょっ……まっ……」

体重を預けられ、夫はあお向けに倒れた。あわてるあまり、酸欠の金魚のように口をパクパクさせている。そんな夫に、里菜はためらうことなくキスをした。あわあわと戸惑う夫と、眼を細めてセクシーな表情をつくっている里菜の、コントラストが激しすぎる。

「やっ、やめろっ……やめるんだっ……少し落ちついてっ……」

いまだ覚悟の決まらない夫の上で四つん這いになっている里菜は、少し後退ると、夫の赤いシャツのボタンをはずしはじめた。素肌を露わにするなり、乳首に吸いついた。チュウチュウと音をたてて……。

「おおおっ……やっ、やめろっ……やめてくれっ……」

夫は悶えている。妻である紀恵には、その理由がよくわかった。男のくせに、夫は乳首がひどく感じるのである。強く刺激してやると、女のようにあえぐこともある。

「うんっ！　ぅんんっ！」

里菜は夫の上半身にキスの雨を降らせながら、さらに後退っていった。ベルトをはずし、ブリーフごとズボンをおろしてしまう。

ペニスは勃起していなかった。ちんまりしているのは、この状況に震えあがっているからだろう。

「和くん、勃てて……オチンチン、大きくして……」

　里菜はちんまりしたままのペニスを口に含んでしゃぶりはじめた。四つん這いになってそんなことをしている里菜からは、鬼気迫るものを感じた。少しばかり股がゆるかろうが、パパ活女子だろうが、必死になって夫のペニスを勃てようとしている姿には、清々しささえ感じてしまった。

「ああーんっ、勃ってきた……」

　里菜が嬉しそうに眼尻を垂らす。眼の下が生々しいピンク色に染まっている。欲情しているというより、恥ずかしいのだろう。彼女は三人のギャラリーに見守られながらフェラチオをしている。普通ならあり得ない、アブノーマルすぎるシチュエーションなのだ。

「むっ……むむむっ……」

　夫の顔も茹でた蛸のようになっていた。こちらは感じているのだろう。双頬をべっこりとへこませてする里菜の口腔奉仕は、見るからに痛烈そうなバキュームフェラだった。とはいえ夫は、気持ちがいいと同時に、死にたくなるほどの羞恥い。

を覚えているに違いない。見守っているのは名前も知らない若者たちだけではない。

妻も見ているのだ。

一度は生涯の伴侶と誓った女が、仁王立ちになって腰に手をあて、軽蔑の冷たい視線を送っている。そんな中、他の女にペニスをしゃぶられて悶えているのだから、恥ずかしくないわけがない。

「おおおっ……おおおおっ……」

身をよじって悶えては、チラリとこちらを見る。視線が合うと、いまにも泣きだしそうな顔になる。里菜は夫の顔をうかがいながらペニスをしゃぶっている。こっちに意識を集中しなさいとばかりに、痛烈なバキュームフェラで追いつめる。

「おおおおっ……」

夫の腰が反り返った。フェラをしてやると、声をあげて悦ぶのが夫だった。声を我慢する男も多いが、夫は野太い声を途切れさせずに悶えに悶える。だからまだ、本調子じゃない。羞恥心を捨てきっていない。

ククク ッ、と幹也が喉の奥で笑った。省吾もニヤニヤがとまらない。パパ活女子にフェラチオされ、顔を真っ赤にして悶える中年男の姿は滑稽で、苦笑でもするしかないのだろう。

あなた……。

紀恵はひとり、笑っていなかった。下半身が疼きだすのを感じていた。濡らしてしまったかもしれない、とすら思った。

期待値の低いまま結婚した男だったが、セックスは意外なほどよかった。ペニスが大きいとか、愛撫がうまいとか、そういうことではない。

悶える顔が可愛いのである。

だから紀恵は、積極的にフェラチオをしてあげた。結婚するまでは苦手意識があったけれど、夫のペニスをしゃぶるのは楽しかった。夫婦生活で騎乗位を好んだのも同じ理由だ。もっと悶えさせてやりたかった。もっと、もっと……。

「まっ、待ってくれっ！」

夫が叫び声をあげ、上体を起こした。驚いたように、里菜が口唇からペニスを吐きだす。夫は里菜の双肩をがっちりと両手でつかみ、

「わっ、悪かった。僕が全部悪かった……」

涙ながらに謝りはじめた。

「キミと過ごした三カ月は、本当に夢のような毎日だった。ありがとう……本当にありがとう……でも……」

立ちあがり、ボタンのはずされた赤シャツを脱いだ。脚にからんでいたブリーフとズボンも、踏みつけるようにして脱いでしまう。

「この償(つぐな)いはきっとする。だからもう終わりにしよう。キミとはもうセックスしない。僕が愛しているのは……本当に愛しているのは……」

夫がこちらを見た。視線が合った瞬間、紀恵の背筋はゾクッと震えた。勇ましい足取りで夫が近づいてくる。

「僕が本当に愛してるのは、ノリちゃんっ！　世界でキミひとりだけだ」

ぎゅっと抱きしめられた。

意表を突かれた紀恵は、なにも抵抗できなかった。

4

嘘でしょ……。

驚愕しかできない紀恵を抱きしめながら、夫は言った。

「いまから、僕がどれだけノリちゃんを愛しているか、証明してやる……いいか、証人！　よく見とけよ。おまえも！　おまえも！　キミもだ……」

幹也と省吾、そして里菜を指差して言った。

「愛してるんだよ……」

夫はいまにも泣きだしそうな顔で、紀恵の顔をのぞきこんできた。

「いや、愛してるなんて言葉じゃ足りない。人生のパートナーだし、命の片割れみたいなもんだ。離したくない。離婚なんて言わないでくれ……」

「じゃあ、どうして浮気なんか……」

紀恵がボソッと言うと、

「それは悪かった。本当にすまない。二度としないと約束する。ただの気の迷いだったんだ。彼女には申し訳ないけど、心からそう思う」

「気の迷いって言われても……」

「そういうこと、誰にだってあるじゃないか？　ノリちゃんにはないの？　そんなに清廉潔白な人生歩んでる？」

紀恵は言葉を返せなかった。清廉潔白どころか、女子高生時代にエンコーをしていたし、みんなに内緒でこっそり体まで売っていた。

「結婚してから、あなたを裏切ったことはありません」

「離婚しちゃったら、僕には挽回(ばんかい)のチャンスがなくなっちゃうんだよ。チャンスをくれよ。一生かけて挽回するから……」

「話はわかったから、そろそろ離して……」

紀恵は夫の体を押し返そうとした。幹也も省吾も里菜も、固唾(かたず)を呑んでこちらの様子をうかがっていた。恥ずかしかった。みんなに見られている中、全裸の中年男に抱きしめられているなんて、顔が熱くてしようがない。

「いやだ、離さない」

駄々っ子のように夫が言う。

「僕がどれだけノリちゃんを愛しているか証明するために、みんなの前でセックスしたい」

「なっ、なに言ってるの……」

紀恵は夫を睨みつけたが、

「すればいいじゃないですか」

里菜が蓮っ葉な声で口を挟んできた。

「和くんに抱きしめられたとき、奥さん、すごく嬉しそうでしたよ」

「はあ？」

紀恵は眼を剝いたが、

「そうだな……」

幹也と省吾がうなずきあった。

「なんか映画のワンシーンみたいでしたよ。恋人たちの感動の再会」

「紀恵さん、乙女の顔になってるし」

「ちょっ……まっ……なにを言ってるの……あああっ！」

夫に乳房を揉みしだかれ、紀恵は悲鳴をあげた。半分は驚愕や嫌悪などのネガティブな感情から放たれた悲鳴だった。だが、残りの半分は……。

夫の愛撫は懐かしかった。最初に抱かれたときから、そう思っていた。特別なテクニックがあるわけではないのに、どういうわけか安らげる。体を預けていると、素の自分に戻れる気がする。

しかし……。

だからといって人前でセックスするなんて、そんな恥知らずな真似はできない。横眼でギャラリーの様子をうかがうと、三人とも真顔でこちらを見つめていた。みんな二十歳そこそこの若者たちだった。紀恵夫婦の行く末に、自分たちの未来を重ねているのかもしれない。

夫婦の絆とは、いったいどれほど強いのか？　浮気してなお妻を愛していると言い張る夫を、妻は許すのか許さないのか？　結末はいかに……。

「えっ……」

紀恵は眼を泳がせた。急に背中が涼しくなったからだ。夫が背中のホックをはずし、ファスナーをおろしたのだ。すかさず喪服じみた黒いワンピースを脱がされた。紀恵は「いやっ！」と声をあげた。人前で脱がされる恥ずかしさに涙さえ流していたが、本気で抵抗していたわけではなかった。本気で抵抗していたら、こんなに簡単に服を脱がされるはずがない。

下着は白だった。

純白のブラジャーとパンティなんて滅多に着けないし、いい歳してダサいと思うけれど、そういう気分だったのだ。

夫は紀恵をベッドに押し倒すと、横から身を寄せてきた。右手を自由に使いたいので、紀恵の右側に陣取るのはいつものことだ。

キスをされた。唇だけではなく、耳や首筋など、紀恵の感じるところを夫はよく知っている。淡い快感にビクッとしたり、ぼうっとしたりしているうちに、ブラジャーを取られていた。

たっぷりした量感を誇るふくらみの裾野あたりを、フェザータッチでくすぐられる。やわやわと揉みしだかれる。乳暈や乳首にはなかなか触ってくれない。もどかしげに身をよじる紀恵を、夫はうっとりした眼で見つめている。

「うっく……」

乳輪の縁に舌が這いまわりはじめると、紀恵は声をもらしそうになった。舌の温かさが、体の芯まで染みてきた。気持ちがいいというより、居心地がいい。夫の愛撫に身をまかせていると、なんだか揺(ゆ)り籠(かご)に揺られている気分になる。

「あううっっ！」

乳首を吸われると、声を出してしまった。せつなげに眉根を寄せ、そっと眼を閉じた。性感帯を刺激されてまで、揺り籠に揺られている気分ではいられなかった。乳首が硬くなっていくのを、はっきりと感じた。硬く尖って、熱く疼きはじめる。

　夫は左右の乳首を交互に吸いたてながら、紀恵の背中をさすってきた。肌に馴染んだ手のひらの感触が、背中から腰に這っていく。さすり方もやさしくて気持ちいいが、夫の目的はさらに下にある。ヒップを撫でながら、ストッキングやショーツの中に手のひらをすべりこませてきて、脱がせるのだ。

　いつものやり方だった。新鮮さはないが、紀恵の心臓は早鐘を打ちはじめる。夫とは体の相性がいい。期待値は決して低くないのに、それが裏切られたことはない。

「いっ、いやっ……」

両脚をひろげられそうになったので、紀恵は泣きそうな顔になった。下着はすでに奪われていた。夫はクンニリングスをしようとしている。この部屋には自分たち以外に、三人のギャラリーがいる。さすがに恥ずかしいが……。

それもいまさらな話だった。

だいたい、三人をここに集めたのは、紀恵自身なのである。ならば、責任があるのかもしれない。壊れかけた夫婦が、もがいたりあがいたりしながら辿りついた場所を、若者たちに見せてやる責任が……。

両脚がM字にひろげられた。紀恵はきつく眉根を寄せ、眼を閉じていた。それでも視線を感じる。恥をさらしている自覚はある。だが、そんなものはすぐにどこかに吹っ飛んだ。

潤みつつある女の花に、夫が舌を這わせてきたからだ。

「はっ、はぁうううううーっ！」

紀恵は背中を弓なりに反らしてのけぞった。夫のクンニは、いきなり花びらを口に含んでふやけそうなくらい舐めてくる。そうしつつ、ときには肉穴に舌先を差しこんで中を掻き混ぜてくる。

わかっているやり方だった。わかっているのに感じてしまう。驚きがないかわりに安心感があり、快楽にどっぷりと浸りきることができる。

「はぁうううーっ！　はぁうううううーっ！」

クリトリスを刺激されると、手放しでよがり泣いてしまった。夫は舌の裏側のつるつるしたところを使って、敏感な肉芽を転がしてくれる。紀恵がそうしてほしいと頼んだからだが、頼んだのは結婚前の恋人時代なのに、いまでも律儀にそのやり方で愛撫してくれる。

なんだか嬉しかった。

深く愛されているような気になってきた。

「はっ、はぁおおおおーっ！　ダッ、ダメッ！　それはダメッ！　そんなことしたらイッちゃうからあああーっ！」

夫が肉穴に指を入れてきた。中指一本が深々と埋めこまれ、中で鉤状に折れ曲がった。Gスポットをぐっと押しあげられた。

Gスポットがあるのは恥丘の裏側だ。表側にあるクリトリスは先ほどから舐められつづけている。恥丘を挟み撃ちするようにして、女の二大性感帯に波状攻撃がかけられる。ねちねちねち、とクリトリスが転がされ、ぐっ、ぐっ、ぐっ、ぐっ、とGスポットが押しあげられて……。

もうダメだ、と紀恵はぎゅっと眼をつぶった。

「ああぁっ、ダメッ……イッ、イッちゃうっ……そんなにしたらイッちゃうっ……イクイクイクッ……あああぁーっ！　はぁああああぁーっ！」

ビクンッ、ビクンッ、と腰を跳ねさせて、紀恵は絶頂に達した。やさしい夫は、いつだって挿入前の前戯で一度イカせてくれる。紀恵を感じさせることばかりに神経を使い、自分の快感は二の次、三の次……フェラにしたって、紀恵がその気にならなければ夫からは求めてこない。

涙が出てきそうだった。そういう態度に甘えっぱなしだったから、もしかすると夫は若い女に走ったのかもしれない。

紀恵が相手だと気を遣わなければならないから、欲望のままに最初から最後までひた走るために、パパ活女子を抱いていた……。

そうであるなら夫の罪は、紀恵の罪でもあるかもしれない。

5

ハアハアと息がはずんでいた。

呼吸を整えている紀恵の両脚の間に、夫が腰をすべりこませてくる。当然のように正常位――それでいい。夫とするときは、見つめあって呼吸を合わせやすい正常位が、いちばんいい。

だが、ひとつになって我を忘れてしまう前に、ひとつだけ確認しておきたいことがあった。もちろん、三人のギャラリーだ。

つい三十分前まで、怒りも露わに浮気した夫をツメていた紀恵が、クンニでイカされた姿を見て、どんなふうに思っているのか……。

えっ？

さっきまでいた場所に、若者たちはいなかった。驚くべきことに、ベッドにいた。隣のベッドに……。

全裸で仁王立ちになっている幹也と省吾の間で、同じく全裸の里菜が正座している。右手には幹也のペニス、左手には省吾のペニスをつかみ、代わるがわる舐めしゃぶっている。じゅるっ、と音をたてて亀頭を吸われると、どちらの若牡も真っ赤になって首に筋を立てる。

しゃぶるのが上手いらしい。

どういう経緯でそんなことになったのか知らないが、そもそも里菜は全裸だった。おまけに、二本のペニスを両手につかんでいても、怯んだり恥ずかしがったりすることなく、やけに堂々と振る舞っている。要するに、こちらの想像以上に発展家なのかもしれない。

「ねえ、ちょっと……」

紀恵は小声で夫に声をかけた。夫はペニスを握りしめ、切っ先を濡れた花園にあてがって、いまにも紀恵の中に入ってこようとしていた。

「ちょと見てよ。隣のベッドで……」

夫は黙って首を横に振った。隣のベッドに視線を向けることもなく……。

「僕にはもう、ノリちゃんしか見えないから……」

決意表明するように言うと、腰を前に送りだしてきた。ずぶっ、と亀頭が割れ目に埋まった。紀恵は息をとめて夫を見上げている。夫も見つめ返してくる。ふたりとも、まばたきひとつしない。

夫は決して、一気に奥まで入ってきたりしない。本当に少しずつ、三ミリ入れては二ミリ戻るような感じで、じわじわ、じわじわ、結合を深めてくる。女の体に負担をかけないやり方だが、それ以外にも長所はある。紀恵の場合、ゆっくり入ってこられるほど興奮するのだ。

入口付近で小刻みに出し入れされると、まだペニスの届いていない肉穴の奥がじゅんじゅん潤んでいくのがわかる。恥ずかしいほど蜜を漏らして、ようやくすべてが収まるころには、少し動いただけで卑猥な肉ずれ音がたつ。

「おおおっ……」

肉穴にペニスをすべて埋めこんだ夫は、低くうめきながら上体を覆い被せてきた。紀恵は両手をひろげ、夫を迎え入れた。お互いがお互いを、ぎゅっと抱きしめる。見つめあい、口づけを交わす。

「あああーんっ！」

隣のベッドから、甲高い声が聞こえてきた。紀恵は反射的に眼を向けた。さすがに夫も隣を見てしまう。

　里菜が四つん這いになっていた。顔は綺麗だし、色白のモデル体形なので、いやらしさより美しさが際立っている。

　彼女を後ろから貫いているのは、省吾だった。ひょろっとした体形は頼りなく、全裸なのに分厚いメガネをかけているのはちょっと変態っぽいが、ペニスのサイズはそれなりにあるし、セックスが下手ではない。

　パンパンッ、パンパンッ、と尻を鳴らして突きあげられると、里菜は美しさだけに留まっていられなくなった。甲高いあえぎ声を撒き散らしながら、いまにも白眼を剝きそうになっている。ひきつった頰と、赤く染まった小鼻が卑猥だ。

　その口唇に、膝立ちになった幹也が勃起しきったペニスをねじりこんだ。里菜はうぐうぐと鼻奥で悶えながら、幹也のペニスを舐めしゃぶる。深く咥え、唇をスライドさせる。眼をつぶると、眼尻からひと筋の涙が流れた。

　パンパンッ、パンパンッ、と後ろからは省吾が連打を放っている。息苦しさもあるのだろうが、里菜が流している涙は喜悦の涙に違いない。たしかに、3Pの興奮と快感は普通じゃないから……。

「ノリちゃん」

声をかけられ、紀恵は隣のベッドから夫の顔に視線を移した。

「好きだよ」

「……知ってる」

「愛してる」

「……それもよく知ってる」

見つめあい、キスをする。胸が熱くなってくる。いや、夫のペニスを受けとめている場所はもっと熱い。

夫がようやく動きだした。硬く勃起した肉棒が、ゆっくりと抜かれていき、また入ってくる。紀恵はよく濡れていた。肉と肉とを馴染ませる必要がないくらいだった。それでも夫は執拗にスローピッチの出し入れを続ける。肉と肉とを馴染ませようとしているのではなく、呼吸を合わせようとしている。

そんなことを意識しなくても、呼吸は勝手に合っていく、と紀恵は思う。最初からそうだった。体の相性がいいというのは、性器のサイズや角度の問題ではなく、息が合うかどうか、つまり、同じスピードで生きているかどうかなのである。

スローピッチの出し入れにもどかしくなった紀恵が下から腰をひねれば、夫はペニスを深く埋めこんで腰をグラインドさせてくる。刺激の質が変わり、紀恵は声を出してしまう。

夫はひとしきり腰をグラインドさせて濡れた肉ひだを掻き混ぜると、本格的なピストン運動を開始した。ずんずんっ、ずんずんっ、と突きあげられると、両脚の間がにわかに熱く燃えあがり、その熱気が全身へと波及していく。

お互いの肌が汗ですべりだすころには、ふたりはひとつの生き物になっている。呼吸もリズムもばっちりあって、同じスピードで同じ場所を目指す。恍惚（こうこつ）の彼方（かなた）を目指して、お互いがお互いをむさぼり抜く。

熟女エンコーで知りあった若者たちは、みんないい子たちばかりだった。若いだけあって精力もスタミナもみなぎっており、若いくせに性技にもけっこう長けていて、我を失った瞬間は一度や二度ではない。

もちろん、幹也と省吾を相手にした3Pだって刺激的だった。それでも、やっぱり自分は、夫に抱かれているのがいちばんいい。夫とのセックスは、ずっとこのまま正常位で、見つめあいながら延々と腰を振りあうだけだ。

それでいい。

なにか特別なことをしなくても、いまこのときが特別なのだ。夫と出会うことができた奇跡を、神様に感謝したい。できることなら、いまこのときが永遠に続けばいいと思う。やがて夫は射精を迎え、自分は絶頂に達してしまうことが、惜しくてしようがないくらいだ。

「ああっ、いやあああーっ！」

隣のベッドで里菜が叫んだ。四つん這いの体をみだりがましくくねらせて、よがりによがっている。

「オマンコいいっ！　オマンコいいっ！　イッ、イキそうっ……わたし、イッちゃいそううう－っ！」

「いいぞっ！　イッていいぞっ！」

省吾が後ろから突きあげながら叫ぶ。

「締まるじゃないかよっ！　このオマンコ、マジ最高に締まるううう－っ！」

「うおおおおおーっ！」

雄叫びをあげたのは幹也だった。腰を引き、里菜の口唇からペニスを抜いた。

ヌラヌラと濡れ光る肉棒を自分で握りしめ、フルピッチでしごきはじめる。

「だっ、出すぞっ！　出すぞっ！　うおおおおおーっ！」

ドピュッ、ドピュッ、ドピュッ！　と音さえ聞こえてきそうな勢いで、白濁液が里菜の顔にぶちまけられた。すごい量だった。里菜の小顔はあっという間に粘ついた白濁液にまみれ、眼を開けていられなくなった。

「ああっ、イクッ！　わたしもイッちゃうっ……イクイクイクイクイクイクイクーッ！　はぁうううううううーっ！」

眼をつぶったまま大きく口を開き、鼻の穴もひろげた無残な顔で、里菜は絶頂への階段を駆けあがっていった。大きく開いた口からは涎が糸を引いて垂れ、胸の谷間に落ちていく。

「こっ、こっちも出すぞっ！」

里菜を後ろから突いていた省吾が、ペニスを抜いてしごきはじめた。幹也に負けない勢いで、ドピュッドピュッ！　ドピュッドピュッ！　と里菜のヒップに男の精をぶちまける。オルガスムスでぶるぶる震えている尻丘が、湯気の立ちそうな白濁液にデコレートされていく。

「もっ、もう出そうだっ……」

夫がうなるように言った。

紀恵はコクンとうなずき、

「わたしも……もう我慢できない……」

「むうっ！」

夫がフィニッシュの連打を開始した。硬く勃起したペニスの先端が、Ｇスポットにあたっていた。そうしておいて、夫はしたたかに押してくる。押して、押して、押して、押して……。

「あああああああーっ！」

紀恵は夫にしがみついて叫んだ。

「イッ、イッちゃうっ……もうイッちゃうっ……イクイクイクイクイクイクーッ！　はっ、はぁあああああああーっ！」

喉を突きだしてのけぞった。絶頂に達した瞬間、体の内側でなにかが爆発したようだった。快楽の爆弾がいくつも、次々に……。

「おおおっ……」

夫がペニスを抜いた。紀恵が漏らした蜜でネトネトになっている肉棒を自分で握ってしごきはじめた。

夫が自分のお腹に精を吐きだすところを、紀恵はハアハアと息をはずませながら見ていた。若者たちに比べれば迫力のない射精だったが、愛おしかった。事後のペニスを舐めたことなんてないのに、四つん這いになってまだビクビクと痙攣している男の器官を口に含んだ。夫がうめき声をあげていたけれど、まとわりついている粘液をすべて丁寧に舌で拭って嚥下した。

すべてが終わった。

オルガスムスの余韻はまだ体の芯に残っていたが、熱狂の時間は過ぎ去り、我に返らなければならないようだった。紀恵は恥ずかしくて顔をあげられなかった。こんなとき、どういう顔をしていいかわかる者などいるのだろうか？

クスクスと笑い声が聞こえた。

恐るおそる顔をあげると、隣のベッドで若者たちが笑っていた。みな、すっきりした顔をしている。欲望を充分に満たしたという……。

「仲いいんですね？」

幹也が意味ありげな眼つきで言った。

「まさかお掃除フェラまでするとは思わなかったなあ」

「さっきまで、鬼みたいな顔でご主人をツメてたのに」

省吾も笑う。

「夫婦喧嘩は犬も食わないってやつですか」

「それにしても、紀恵さん、可愛かったなあ」

「可愛かった、可愛かった」

「それくらいにしてくれない？」

紀恵は調子に乗っている若者たちを制止しようとしたが、まともに彼らを見ることができなかった。顔から火が出そうだった。鏡を見ればきっと、真っ赤になっている自分と対面できたろう。

夫に助け船を求めようとした。先ほど、全員の前で愛しているのは紀恵だけだと言ってくれた。そういうパファーマンスをするタイプの人ではないので、あれはちょっと感動した。ついでにこの状況にも収拾をつけてくれないだろうか……。

夫を見た。ベッドの上で正座していた。茹で蛸のように赤く染まった顔で下を向き、乱れたシーツを見つめている。紀恵以上に恥ずかしがっている。
まったく頼りにならない……。

この作品は徳間文庫のために書下されました。
なお本作品はフィクションであり実在の個人・団体などとは一切関係がありません。

徳間文庫

「私鉄沿線」人妻専科

2023年3月15日 初刷

著者 草凪優

発行者 小宮英行

発行所 株式会社徳間書店

東京都品川区上大崎三─一─一 〒141─8202
目黒セントラルスクエア

電話 編集〇三(五四〇三)四三四九
販売〇四九(二九三)五五二一

振替 〇〇一四〇─〇─四四三九二

印刷
製本 大日本印刷株式会社

ISBN978-4-19-894837-5 (乱丁、落丁本はお取りかえいたします)

徳間文庫の好評既刊

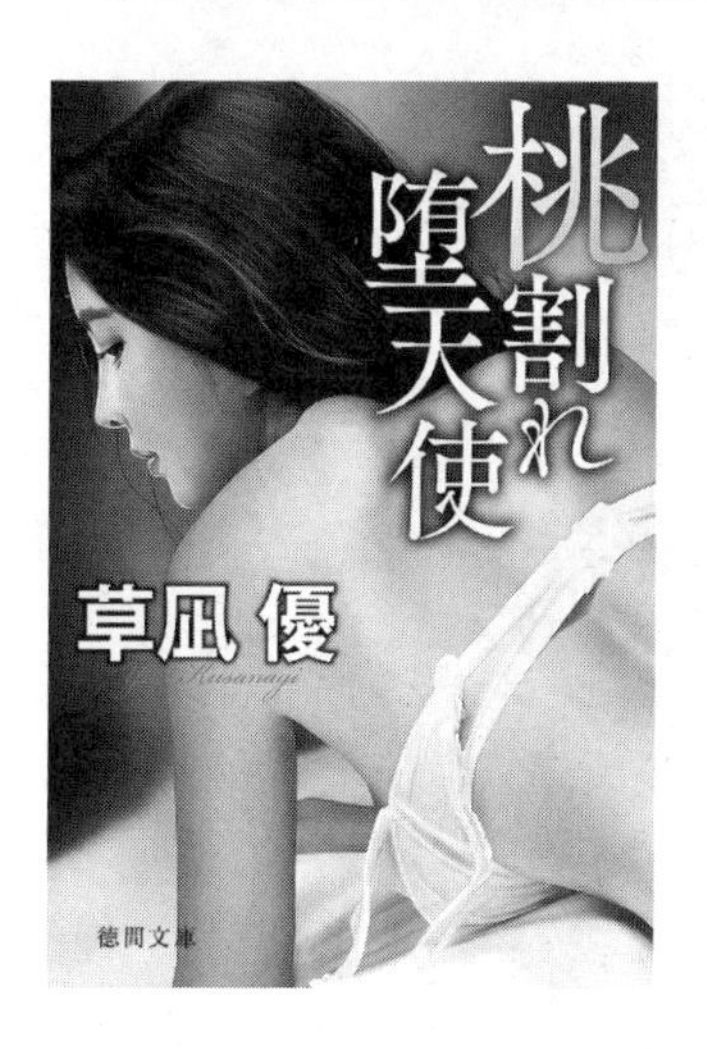

草凪 優

桃割れ堕天使

書下し

親から引き継いだ不動産業を営む上杉悠紀夫は、ある日郊外の豪邸の内見に、いかにも富裕層の渡瀬夫妻を案内した。急用で帰ってしまった夫の愚痴を妻の乃梨子は上杉にこぼし出す。「あの人は私を田舎に遠ざけて、若い愛人とよろしくやりたいのよ」欲求不満の躰と人には言えない性癖をもてあます美人妻は、大胆にも上杉を誘惑してきた。売り家の寝室で、みだらな行為に耽った二人は……。